我相信

This I Believe

于人生的哲学

Personal Philosophies of Remarkable Men and Women

TED BY Jay Allison and Dan Gediman

· 阿利森　丹 · 格迪曼 编

娥 译

上海译文出版社

献给玛戈特·韦洛克·施莱格尔

——没有她，就没有《我相信》。

目录

前言

斯塔兹·特克尔

“在今天这样一个时代，从众成为潮流，异议被当作颠覆，人的信仰及行为可能成为调查的对象……”

这番话仿佛是针对二〇〇六年的困境发出的求救信号。然而，早在一九五二年，爱德华·R·默罗在推出《我相信》这一包纳各种声音的合集时已经写下如此振聋发聩之语。

故事虽老，历久弥新。一七九一年，托马斯·潘恩这位美国独立战争中最富辩才的梦想家高声说道：

> “全世界都在追捕自由，理性被视作反叛，恐惧让人戴上枷锁，畏惧思考。但是，真理的全部诉求就是出现真理的自由，这是真理无可辩驳的本质……在这种情况下，人才变成大写的人。他不再将同胞视作天敌，而是

家人……”

在这本新合集里，追求真理是一个共同的主题。

何谓真理？我们不需要再对这个老问题纠缠不休。或许你双眼所见并不适用于普遍接受的真理，所以，老彼拉多[①]只有一个选择：判其有罪，否则他就会丢掉头顶的法官帽，于是彼拉多像许多循规蹈矩的人一样做出了一个平庸的决定。即便他用纯度高达99.44%的象牙香皂[②]把双手洗上十遍，也洗不净手上真理的尘土。妻子曾经央求他以慈悲为怀，但彼拉多还是做出了一个客观的决定。

在我们的时代，詹姆斯·卡梅隆这位英国最杰出的记者以自己的方式对待真理：“我已经不记得多少次有人指责我漠视客观性这一诚实新闻的基本原则了。”

越战期间，他在北越的所见所闻使他确信：尽管美国官方断然否定那里有人类居住，但事实恰好相反。有人谴责他太主观，带私人观点，卡梅隆坦诚地说：“或许我并不总是那么公允，但是我一直认为，真理比客观性更重要。”

同样出现在该书中的电影纪录片导演埃罗尔·莫里斯也与卡梅隆一样固执：“真理不是相对的……它可能是隐蔽的或者语焉不

① Pontius Pilate，罗马皇帝提比略（Tiberius）委任的耶路撒冷总督。在审理犹太长老控告耶稣的案件中，他判处耶稣死刑。

② Ivory Soap，宝洁公司历史最悠久的一款产品，以成分纯粹及能浮于水上闻名。

详的。或许人们希望它并不存在，但是，真理的确存在。”让莫里斯孜孜以求的就是真理，他要努力弄清楚到底发生了什么并揭开事实的真相。

追求即一切，其目标当然是真理。

在萨格港[1]的一块方寸之地上，有一块其貌不扬的石头，人们常常忽略它的存在。纳尔逊·阿尔格伦[2]被埋葬在那里，上面的碑文非常简单："旅程即全部。"

《新共和》的主编安德鲁·萨利文也出现在该书中，他的看法异曲同工。他和阿尔格伦的政治观点可能大相径庭，但是他们在基本信仰上却如出一辙："我相信对幸福的追求。我想说的并不是指获得幸福这一结果，也不是它的终极意义，而是追求本身。"

如果漏掉海伦·凯勒，那一定是我的疏忽。五十年前，这位既聋又哑、双目失明的孩子的奋斗，我们有目共睹。她比任何耳聪目明的人都更心若明镜，能够更真实地感受神奇，更坚定地追求真理。她对于世界上苦难之人的声音听得最为真切。最重要的是，尽管人类行为有时候差强人意，她仍相信人性本善。

我的信念是这些观点的综合体。没错，我的确有自己的观点，并且我怀疑我已经反反复复说了太多遍。但是，我总有一种不确定感。在与形形色色的美国人打交道的过程中，我发现，经验法

---

① Sag Harbor，位于纽约州东部。

② Nelson Algren (1909—1981)，美国作家。

则并不起作用。我拜访过的那些人常常让我啧啧称奇，这些平凡的美国人不时显露出非凡的洞察力与梦想。

我发现“自由”与“保守”这两个标签没什么意义，我们许多人的思想已经让我们的语言变得面目全非。

翻开任何一本词典，“自由”指的是独立于官方的言论自由以及保护不同意见者的言论自由的权利。在我看来，“保守”一词常指“保持”，意思是保护我们的环境免遭污染，保证我们有安全的饮用水，保证我们周围绿草茵茵。所以我宣称自己是个激进的保守主义者。在这里，“激进”指深入事物的本质。巴斯德[①]是个激进分子，塞麦尔维斯[②]也是——“把手洗干净”，他这样命令医生和护士。他可能终老于精神病院，但是他追求过真理，并且找到了它，挽救了无数人的生命。我“保守”，是指我努力让天空湛蓝，让空气清新；我努力促成《权利法案》，并且关注我们可能遗忘的任何卫生问题。至于信仰，我总是称自己为“不可知论者”。如果安布罗斯·比尔斯[③]尚存人间，他肯定会在《魔鬼词典》中加上这么一句：“不可知论者是懦弱的无神论者。”也许吧。但是，我可能也确实相信创世大爆炸以来我们每个人心中都有一个上帝。

我暗自羡慕那些相信来生并由此相信能在来生再次与爱人相遇的那些人。他们无法证明是否有这样一个地方，但是我也无法

① Louis Pasteur (1822—1895)，法国微生物学家、化学家，证明细菌致病理论。
② Ignaz Semmelweiss (1818—1865)，匈牙利医生，推行灭菌措施的先驱。
③ Ambrose Bierce (1842—1913)，美国记者、小说家，著有《魔鬼词典》等。

证伪。我无法找到一个愿意跟我下赌注的经纪人，如果有人猜对了，他怎么拿得到自己赢得的赌注呢？所以，站在下赌注的人的角度来看，所有赌注都是徒劳。

或许诗人济慈在《古瓮颂》中说得对，他嫉妒永远找不到真爱但永不停止追求爱的年轻人。追求过程足矣。

但是，我还是笃信一些东西。当我们还活在世间、尚能在这个星球上呼吸时，能够采取一些实际行动，那就是做一个活动家，积极营造一个人们更容易做出高尚行为的世界（我用了天主教工人运动创立者多萝西·戴的话）。

何为活动家？不言自明，你要活动，要参与自身之外的一些事情。你要与他人为盟，那些人可能在战争、公民自由、人权等问题上与你的观点惊人地一致。

我的信仰形成于美国历史上最满目疮痍的时候——二十世纪三十年代的大萧条时期。我记得曾经看到马路两旁乱七八糟地摆着锅、盘、床和床单，原来一家人被赶了出来，有人在绝望地哭喊，像他们这样身陷绝望的人不计其数。但是在那天晚上，就在那个街区，许多人出现在街上，其中包括电工、水管工和木匠等，他们帮忙将日用品搬回到那家人原来居住的公寓。他们打开煤气，修好水管。这就是一个积极行动、带来改变的社区。阿尔伯特·爱因斯坦曾称，在西方人眼里，如果一个人加入工会或者任何组织，他就会失去自由。事实恰恰相反。一旦你加入一个团体，即使你最初没有完成使命，你也发生了改变，变得更坚强。你发现自己并非无足轻重，因为在这过程中你发现有人与你拥有同样的信仰，你发现了自己作为个体的力量，你并不孤独。就这样，一个社会逐渐形成。我用了爱因斯坦的话。我喜欢那样做，没人敢提出质疑。

因此，我的信条就是：追求并行动。我们拒绝孤单，这就是我的信念。

序言

杰伊·阿利森

《我相信》发出的邀请既简单又困难：就指导人生的核心原则——你的个人信念——写上几百字。

我们邀请的对象包括政治家、护士、艺术家、建筑工人、运动员、父母、学生、名人和普通大众，任何人。这本书中所有的撰稿人都接受了邀请。

他们这样做有些冒险。他们要写下自己最坚定的信念，并且在广播中与无数听众交流，而现在的媒体充斥着现场访谈、肆意抨击和色情节目。诚实、坦率地表达自己本身就是勇敢之举。每天早上，当我们打开电子邮箱里的几十篇文章时，我们欣赏他们的勇敢。这让我们感动，我们以一种荣耀之心对待我们的工作，这并不是夸大其词。

该系列的所有编辑都知道写这样的一篇文章有多难，因为我们都亲身尝试过，二十世纪五十年代的创始系列的编辑们也试过。这些文章与我们收到的大部分稿件一样，不会在广播中播出，除了作者本人之外也不会有其他读者。但是我们相信这种练习很重要，这种努力本身举足轻重。

从根本上来说，这本书是向您发出的一个邀请——请您也尝试写出自己的信念。

早在一九五一年，《我相信》由爱德华·R·默罗主持播出。一个编辑团队在这个项目上坚持了五年之久，使它成为每日一播的电台节目，并最终创造了出版奇迹。

在最初的《我相信》系列告别我们半个世纪后，我们觉得是时候让它重返历史舞台了。与五十年前一样，信仰问题分裂着我们的国家和世界。我们发现自己在道德标准、家庭、种族及信仰等多个方面矛盾重重。然而在有史以来最无孔不入的信息传输系统中，鲜有鼓励安静倾听他人的信仰、不反驳、不胡批乱判的声音。

当今的信息输出越来越不是以某一天的事件为单位，而是以时刻来考量，过时一小时就变成陈旧往事。什么时候我们才能停止追求时效性？从我们知道一秒前发生的事情起？一毫秒前的事情起？《我相信》做的是一件完全不同的事情，它不关心在这一时刻能学到什么，而是关乎一生所得。当《我相信》在纽约公共广播电台的两档新闻节目《时事纵横》和《早间新闻》之间插播时，时间似乎发生了变化。日间的聒噪被抛在身后，这一刻带给人的是平静，而不是喧嚣。

当《我相信》重返历史舞台时，我们得到了原来团队的大力支持。我们也提出了他们提过的要求：用积极的话语讲述你的信仰，不要写你自己都不相信的东西，避免教条式的老调重弹，而是集中谈个人的信仰——请注意，标题中写的是“我”，而不是布道词式的“我们”。尽管你相信的东西可能不一而足，但是集中写一种。呈现真相，而不怨天尤人；展现爱国情感，避免政治伪善；表达超越宗教教条的信念。

我们发现，一些作者非常擅长讲故事，他们会讲述自己信仰如何形成，或者如何经受挑战、愈挫弥坚。还有一些人将自己如何拾得某种信念的过程娓娓道来，或者讲述自己认为应该持有、甚至一直觉得会持之以恒的信念。

在这个选集里，你既能欣赏五十年前的旧曲，也能读到今天的新篇，其主题基本保持不变。人们依然在寻找意义，希望能够帮助别人，努力克服恐惧，生死依然是令人迷惑的不解之谜。虽然现在的风格可能更随意，我们通常也会要求作者就像写一份正式声明一样对待自己的文稿——一个经过深思熟虑、经得起考验的声明。

再来说一下我们的操作过程吧。与五十年前的文章相比，该系列有一个重大区别：我们向公众征文，利用www. thisibelieve.

org网站接受投稿。在我写下这篇序言时（二〇〇七年春），我们的审稿团队在马萨诸塞的伍兹霍尔一共阅读了两万两千多篇文章。只要表现力强、角度新颖，或者在其他方面给我们留下深刻印象的稿子都会被录用。所有的稿件，包括特约撰稿人的以及从互联网上挑选的文章都会经过或多或少的编辑，直到每个人都满意为止。作者通常在自家附近的录音棚进行录音，我则通过电话对他们的朗读提供一定的指导。最后，我们的摄影师会登门为他们拍照。

在阅读稿件时，我们发现了一种趋势。许多人谈到所谓“黄金法则”如活在当下、爱与奉献的重要性等；另一些人则就家庭、上帝和国家进行阐述。在罹患疾病或面对死亡时，人们更真切地感受到生命的价值，也是在那时人们收获深刻的人生感悟，例如老年痴呆症常常引发人们对性格与信仰的本质进行探讨。还值得一提的是，我们也发现了一些问题，例如自以为是、指手画脚、自吹自擂、老调重弹、含沙射影等。

大多数作者在表达自己的信仰时都很坦诚。我们的在线提交表格中有一栏是作者感言，许多作者写下他们对这次机会的感激之情以及接受这一挑战的前因后果。大多数人都觉得写这样的文章不容易，一位作者形容说，这就像用一个只能装下三两件衣服的行李箱去装长途旅行的行李一样。一些人则谈及他们如何与别人分享，在自己的圈子里进行“广播”的故事。《我相信》中的文章曾经出现在婚礼和葬礼上，还受到生日宴会的青睐。全国各地的大学和中学也参与了该项目，佛蒙特州的一所学校将当地的公共图书馆租用下来，专门举办了“诵读之夜”。老师们常说，他们给学生布置作文时，自己也觉得有义务写一篇。该书的附录部分还提供了《我相信》系列的历史简介、作者指南以及可供作家、教师、宗教场所和社会团体使用的资源，供感兴趣者参考。你可以在我们网站的在线档案库里找到每篇稿件。

信仰是一种选择，没人有权决定你的个人信仰。只有当你不知道自己信仰什么时，你的信仰才处于危境之中。

理解自己和他人的信仰需要集中的思考和讨论。现在，大多数公共对话都由跨国公司下属的媒体渠道来引导，而这样的公司数量正日益减少。健康的民主需要绕过一些监督以便我们能够直接互相沟通，甚至找到共同的阵地。《我相信》是公共语境中的一次哲学式自省，它来自草根，人们可以开始互相聆听，每次只倾听一个人的心声。

我自己的《我相信》文章的开头是：“我相信倾听。”这出自一个公共广播人的手笔并不为怪。在我家乡的广播台，这是我们的座右铭，是我们在广播中说出的第一个词。聆听。如果真有这么一个信仰倾听的宣言的话，你可以在本书中找到它。

现在，请你花上一点时间，思考一下他人的信仰吧。那些信仰可能与你的不谋而合，也可能大相径庭，让你感到醍醐灌顶。

掩卷之余，请想一想：你的信仰又是什么呢？

冷静对待比萨小子

萨拉·亚当斯

如果我有人生的经营哲学的话，那它应该是："冷静对待送比萨饼的小伙子，这会带来好运。""比萨小子"哲学有四大指导原则：

原则一：冷静对待比萨小子是谦逊和宽恕之举。我在驾车时会让他超车，让他安全地从左侧车道冲进出口，原谅他忘记使用转向灯，不会把自己手指伸出车窗做侮辱性的手势或是狂按喇叭以发泄不满。因为在熙熙攘攘的生活中，总有那么一刻我能从容面对一辆汽车抢道或超车。有时我正稳稳行驶在我的车道上，笃信没人敢抢道，但是送比萨饼的小伙子会开着他那辆锈迹斑斑的雪维特来超车。他车顶上的比萨饼标志灯像灯塔般闪亮，仿佛在提醒我：人活在世，克制自己。毕竟，送比萨饼的小伙子平等地服务所有人，既有青年人也有老年人，既有已婚的也有单身的，既有同性恋也有异性恋，有黑人、白人、褐色皮肤的人，有穷人，有富人，有素食主义者，也有肉类爱好者，等等。他在送货途中时，我就让出安全的通道，克制自己，以礼相待，并且控制自己的愤怒。

原则二：冷静对待比萨小子是同情之举。实话实说：我们都打过这样的零工，只是为了有份工作，因为有钱总比没有强。我做过各种各样的工作，对薪水非常感激，因为这意味着我不用与猫分享麦片。人生的循环就像一个大大的比萨饼，有时候你是热得冒泡的奶酪，有时你是烤焦的酥皮。记得命运的无常是件好事。

原则三：冷静对待比萨小子是荣誉之举，它提醒我尊重诚实劳动。我来告诉你一些有关这些小伙子的事：他们永远不会接管公司，不会当上首席执行官，然后人为地提高股价，兑现自己的股份，让公司濒临破产，导致两万人丢掉饭碗，而首席执行官本人却身居豪宅。相反，比萨小子可以睡得心安理得。

原则四：冷静对待比萨小子是平等之举。作为个体，我的价值在于我对自己的工作——不管是什么工作——感到骄傲，并且尊重他人。我与世界平等，不是因为我开着什么牌子的车、我家电视的大小、能卧举的重量，或者我能解出的微积分方程。我与遇到的所有人都是平等的，因为我心存善良。一切都从这儿——从你对比萨小子的态度开始。

朋友们，兄弟们，多给他点小费吧。因为我们的世界知道感激，懂得回报，你心甘情愿的付出一定会为你带来好运与幸福。

萨拉·亚当斯（Sarah Adams）从事过多种工作，例如电话推销员、工厂工人、酒店职员以及花店收银员等，但她从来没有送过比萨饼。亚当斯在威斯康星州长大，现在是华盛顿奥林匹克社区大学的一名英语教授。

身份自有人评说

菲莉斯·艾伦

我站在雨中，拉着妈妈的手，等着爬上台阶，走进大剧院的楼上大厅。与此同时，我看见那些金发碧眼的孩子们鱼贯进入楼下座位区。这是五十年代，我是“有色人种”，我认为我的位置就在市区剧院的楼上，在公共汽车的后排，在白鸽商场的后门。我问妈妈为什么，她微笑着说：“孩子，不要管别人，你要做的就是做最好的自己。”

六十年代，我们有了第一台属于自己的电视机，我看到几只德国牧羊犬紧跟在一位年轻的女孩身后，嘴里不断撕咬着。在电视上还有像我一样的孩子去上学，他们走过怒吼的人群，这些人嘴里唱着我从来不能说的字眼。我不再是“有色的”，我们现在是黑鬼，为了自由在大街上游行——至少我们的牧师是这样说的。我觉得即使胆战心惊，也必须勇敢地争取自己的权利。

七十年代，我穿着破旧的牛仔服，留着爆炸头，高举紧攥的拳头站在市中心的大街上叫喊。身穿闪闪发光的黑皮夹克、头戴贝雷帽的怒气冲天的黑人青年已经从遥远的加州奥克兰海岸发出号召。我们不再推崇非暴力，挨打时再也不会逆来顺受。诸如“请”、“谢谢”等一些简单的礼节已经成为过去时。这是正式的，休伊①、H·莱帕②以及爱尔德里奇③都那样说。我相信我们要做黑人——愤怒的黑人。

到了八十年代，所有朋友家的墙边和壁橱里都摆着繁殖神像。一些人只是通过电影《人猿泰山》才对非洲稍有了解，但他们嘴里都说着蹩脚的斯瓦希里语。八十年代，我们变成“非裔美国人”。我穿着设计精美、大量使用金色的鲜艳的衣服，我是一个从来没见过非洲的假非洲人。每个人都说：“这是你们的传统。”那时的我相信“故土”的虚幻承诺。

九十年代，我是一个拥有褐色肌肤、追逐美国梦的女人，人人都说这个梦以物质告终。我热衷于天天购物。债务？我才不管那些破债呢！那是九十年代，依照美国401（K）退休计划④，我

---

① Huey Percy Newton (1942—1989)，美国政治活动家，二十世纪六十年代活跃于美国的黑人左翼团体“黑豹党”的创立者之一。

② H. Rap Brown (1943—　)，本名 Hubert Gerold Brown，后更名为 Jamil Abdullcth Al-Amin，二十世纪六十年代时曾任美国“学生非暴力协调委员会”主席，后任“黑豹党”司法部长。

③ Leroy Eldridge Cleaver (1935—1998)，“黑豹党”主要成员，作家。

④ 401 (K)，指美国一九七八年《国内税收法》第四〇一条K项的规定。该条款适用于私人公司，为雇主和雇员的养老金存款提供税收方面的优惠。按该计划，企业为员工设立专门的401K账户，员工每月从其工资中拿出一定比例的资金存入养老金账户，而企业一般也为员工缴纳一定比例的费用。员工自主选择证券组合进行投资，收益计入个人账户。员工退休时，可以选择一次性领取、分期领取和转为存款等方式使用。

的退休金有五十万美元左右。我相信美国运通公司[①]，但后来经济危机爆发，美国运通便不再像我相信它那样相信我了。

现在，我们已进入一个全新的纪元，浮华夸张的视频一代与我无关。在我五十岁时，一切都改变了。虽然我满面皱纹、肌肉松弛、视力下降，但与此同时，我获得了信心，也渐渐坚定了自己的小小信念。我会把那些有关身份的问题留给其他人，我相信我是谁无关他人。我相信，如果你想拥有好朋友、好爱人和好孩子，你自己必须做一个好朋友、好爱人和好父母。我觉得做女人挺好，就像妈妈曾经说过的那样：尽己所能，做最好的自己。

菲莉斯·艾伦（Phyllis Allen）卖了十五年的黄页广告。她工作中有一半时间都在汽车上度过，足迹遍及得克萨斯州的达拉斯和沃斯堡。这篇文稿也是在汽车中完成的，她还在电话公司的电话棚中大声练习朗读它。艾伦希望退休后从事写作，这是她最大的梦想。

---

① American Express，创建于一八五〇年，现已成为多元化的全球旅游、财务及网络服务公司。

奉献联系你我

伊莎贝尔·阿连德

我的生活充满激情，我总是行色匆匆，想做的事情永远也做不完。直到我二十八岁的女儿保拉病倒后，我才有时间思考自己的信仰问题。她昏迷了一年，我一直在家照顾她。一九九二年十二月，她在我的怀中永远地睡着了。

在她去世的那一年以及接下去的一年，我沉浸在悲痛之中，整个世界似乎在我面前静止下来。除了哭泣和回忆之外，我无能为力。但是那一年也让我有机会反思人生以及自己所坚持的原则。我发现，我的信仰、写作和生活都是一致的。我没变，我依然是五十年前的那个女孩，与当年那个生活在七十年代的年轻女子无异。我依然对生活充满渴望，依然非常独立，依然崇尚正义，并且还是会一不小心就陷入疯狂的爱情。

瘫痪的女儿保拉静静地躺在床上，她教会我：你的奉献便是你的一切。现在这句话已经成为我的信条，只有付出才会让你变得富有。

保拉的一生是服务的一生。她是一位志愿者，每周六天、每天八小时去帮助身陷困境的妇女和儿童。她从来都不富有，但是她也不怎么需要钱；她去世时身无分文，同时她也一无所求。在她生病期间，我不得不向她的一切依依惜别：她的笑声、嗓音、优雅和美丽，最后她不再陪伴我，连灵魂也游离而去。她去世后，我的整个世界变成空白。但是后来我意识到我依然拥有对她的爱，我甚至不知道她活着时是否能够感受到这份爱。她无法给出任何回应，她的眼睛如同一片静止的湖水，无法闪现任何光芒。但是我依然爱她，并且那份爱越来越热切，越来越强烈，还孕育出果实。

痛失爱女的经历是一场洗礼。我必须扔掉所有多余的行李，只留下必需品。由于保拉的缘故，我不再沉湎于任何事情。现在，我喜欢奉献而不是索取，因为爱别人比被人爱让我更快乐。我爱丈夫，爱儿子、孙子，爱我母亲，爱我的狗。但是老实说，我并不知道他们是否喜欢我。但那又何妨？爱他们就是我的快乐之源。

付出，付出，付出——如果不付出，我拥有经验、知识或天赋又有何意义？如果我不对别人讲出自己的故事，拥有它们又有何意义？我可不想带着它们一起火化！正是通过付出，我与他人心相连，与世界情相系，与上帝心相通。

通过付出，我在自己体内感受到女儿的存在。她就在那儿，一个温温软软的小东西。

伊莎贝尔·阿连德（Isabel Allende），小说家，秘鲁出生，智利长大。一九七三年，她的叔叔——智利总统萨尔瓦多·阿连德遇刺身亡后，她与丈夫和孩子逃到委内瑞拉。阿连德创作了十几部小说，其中包括《灵宅》①（*The House of the Spirits*）和自传《我的虚幻国度》（*My Invented Country*）。

① 台译《精灵之屋》，1993年被改编为电影《金色豪门》。

记住那些男孩

埃尔维亚·鲍蒂斯塔

我相信每个人的墓前都应摆放鲜花。

去墓地看弟弟时，我发现一些墓前只有冰冷的石头，连一朵鲜花也没有。这令我伤心。

他们看上去很孤独，就像没人爱他们一样。我相信孤独是世界上最糟糕的事情，没有一个人去看你，没人帮你拂去姓名上的尘土，没人为你增添一点亮色。没有鲜花的坟墓让人觉得逝去的人已被遗忘。如果活着就是为了被遗忘的话，活着还有什么意义？

但是在我弟弟的墓前，几乎每天都有些新东西：我送去的鲜花，或者从一元店买来的蜡烛，要么是圣母马利亚的神像，要么就是小的玻璃杯等，甚至还有些看上去像街头霸王的玩具小人。

有一次，弟弟的朋友们竟然在那儿放了一小撮大麻——我猜是妈妈把它拿开了。她可能还拿走了那里的一块蓝布[1]。

有时候当我带着鲜花过去时，会帮着整理一下弟弟周围坟墓前的鲜花。一些墓碑上写的出生日期与我弟弟的差不多，他们也很年轻。但是，许多坟墓前如果摆着玩具或者别的什么东西的话，都是红色的。

我弟弟周围的所有男孩都是伴随着红色长大的，这使得他们彼此为敌。在弟弟十六岁时，一个喜欢红色的人因为弟弟喜欢蓝色而开枪打死了他。但是去墓地时，我还是会在那些喜欢红色的男孩子的墓前放一些鲜花。

有时候，我会与一位最好的朋友一起去墓地。她曾经爱上一个喜欢红色的男孩，但是他在十八岁时被一个喜欢蓝色的人打死。我们会拿着一大把鲜花一起去，足够送给这些男孩——不管是红营还是蓝帮，墨西哥可能是他们共同的家乡。

除了我和一些朋友外，没有人同时探访两个坟墓的主人。一些人觉得这样做没意义，还有一些人则认为这是英雄之举。

在我看来，这两类人都很傻。我之所以那么做，并不是为了挑战和蔑视一些特殊规定或者终止任何战争。我去是因为不管你来自何方、有何信仰，当你离开人世后，我相信你也想让你的墓前摆满鲜花，想有人去看你、有人记得你。

---

① 蓝色布料的围巾是黑帮组织 Crips 的标志，蓝色旗帜是赛车中的超车信号，都是当时美国男孩中流行的东西。

我不是什么叛徒，也不是英雄。我是罗杰里奥·鲍蒂斯塔的姐姐，我想让你听见他的名字，所以我才说出来。这样，就会又多一个记得他的人。我希望在我的公墓里，每个人都记得所有的男孩，不管他是来自红营还是蓝帮。当我们想起他们时，在他们的墓前摆上鲜花吧。

埃尔维亚·鲍蒂斯塔（Elvia Bautista），二十二岁，住在加州圣罗莎。她的工作是照顾老年人和智障人士。在弟弟被杀后，除她之外其他家人都搬离家乡。鲍蒂斯塔曾从中学退学，现在向年轻人宣传帮派生活的危害。

山脉消失

五十年代广播系列之一

伦纳德·伯恩斯坦

我相信人。在艺术、自然景观、宗教或国家上层建筑等一切事物中，我最能感受到人，我热爱他们、需要他们，也尊重他们。山坡上的一个人影足以让整座大山在我眼前消失，一个为真理而战的人可以让我听不见几个世纪的陈词滥调。如果一个人遭遇不公，他可以让施与不公的整个体制失效。

我相信，人最高贵的禀赋是改变的能力。他拥有理性，能够看到事物的两面并进行选择。他可能会犯错，我相信人有犯错的权利。通过这种权利，他无比艰辛同时又充满深情地建设被我们恭敬地称为“民主”的东西。建设的过程充满艰难险阻，并且他现在仍在艰难险阻中前行——通过理性、选择、犯错和纠正错误前进。这种前进既困难又缓慢，而在这种前进中，甲承认乙的尊严，同时不会损害丙的尊严。如果人类无法对自己同胞的尊严心存热爱，他就不可能拥有自己的尊严。

我相信人的潜力。我无法被动地认同那些以“人性本质”为由而放弃的人，如果人性保持静止不变，它终究不过是动物性罢了。没有成长，没有变化，就没有神性。如果我们认为人类永远不可能摆脱战争的梦魇，那么我们就会永远遭受战乱的诅咒。放弃是一条简单的路。但是，如果要走那条充满艰辛、爱意、尊严以及神圣的路，你就必须相信人，相信他们具有改变、成长、沟通和爱的能力。

我相信人类的潜意识，这是沟通与爱的力量的发源地。对我而言，所有艺术都是这些力量的综合体。因为如果最深入的人际沟通的方式是爱的话，那么艺术能做的就是延展这种沟通并将它扩展开来，使之能够触及更多的人。因此，不管是最轻松的娱乐，还是最尖刻的讽刺，抑或是最催人泪下的悲剧，其中的绵绵爱意和暖暖情怀让艺术变得实实在在。

我相信在我的国家，我谈及的一切正在发生，所有人对此有目共睹。美国正处于一个最伟大时期的开端，它在科学、艺术和人类进步上都正以领先的姿态走向民主理想。我相信在这一刻，它正处于一个关键时期，它需要我们前所未有地信任它。相信彼此，相信我们有能力成长、变化，相信我们彼此的尊严，相信我们的民主方式。我们必须鼓励自由并富有创见的思想；我们必须尊重隐私；我们必须尊重品位，不过度悲伤，也不过度追求成功或激情。我们必须通过艺术更加了解自身；我们必须更加依赖人性中无意识、灵感的一面，千万不能成为教条的奴隶。我们必须相信善定胜恶。我们必须相信人，毫无畏惧地相信。

伦纳德·伯恩斯坦（Leonard Bernstein），作曲家，指挥家，钢琴家，教育家。长年担任纽约爱乐乐团的音乐总监，创作了引起巨大反响的“年轻人交响乐”系列作品。伯恩斯坦的作品将古典与流行以全新的方式结合起来，其中包括音乐剧《西城故事》、《在城里作乐》、《天真汉》等。

人怎么可能信仰上帝

小威廉·F·巴克利

我一直喜欢十九世纪末一位兴奋的年轻达尔文主义者的一段对话。这个年轻人趾高气扬地问一位年长的学者："人怎么可能信仰上帝？"答曰："与其相信《哈姆雷特》是从一个长着络腮胡子的人的分子结构中诞生的，还不如相信上帝更容易。"这个答案堪称不朽。

这一对话无所不包，充满智慧和深度。它不止一次提醒我：怀疑生命和自然的人通常想当然地认为信仰不过是过度迷信，这种看法其实是他们的麻醉剂——请允许我借用一位早已过世的历史宇宙学家的话。即便仰望星空会让人对信仰产生怀疑，但繁星的偶然排列怎么可能不是一种近乎无限的自然冲动的精妙之作？是的，另一方面，谁又敢说是自然而不是创造自然的人设计了星空的布局呢？哪个是更大的奇迹？拉撒路的死而复生，还是那个死人以及发誓见证了他复活的证人的存在？

无神论者总是通过指出那些能够解释的现象来反驳信仰者，他们会说：噢，你瞧见了吧？他们相信现象背后总有可以推演的原因。但是，如何推论出《哈姆雷特》的成因？《马太受难曲》何以诞生？灵感的源泉何在？

我相信，从理性上来说，相信神的智慧比麻木地认可自然的巧妙安排更容易。儿时的我曾经被一个简单的故事打动：一个男人在酒吧里大肆谈论他如何漂泊无依，并且不无嘲讽地驳斥坐在其左右的主张强硬爱国外交政策的顾客。但是后来，由于其中一个人开始非难巴尔干群岛上的一个小公国，遭到那个“无根之人”举拳相向——他无法忍受对自己出生地的侮辱。

所以，我相信，一个没有祖国的人和一个没有造物主的世界同样让人难以置信。

小威廉·F·巴克利（William F. Buckley, Jr.），一九五五年创办了《国家评论》杂志，担任主编多年。他是位保守派评论员，曾担任公共电视常青节目《火线》的主持人。巴克利还发表了“布莱克福德橡树”系列间谍小说，广受好评。

世界乃一家

五十年代广播系列之一

尼文·布施

人们表达内心信仰时，笔端会浮现出同样的字眼：上帝、人、尊严、未来、地球、永恒等等。通常只有在非常清醒时，我才清楚这些词的意义。每当深夜难眠，或者在乡下农场里骑马驰骋、被一种美妙的轻松感包围时，我才能对人生进行抽象思考。这让我想起一句古老的西班牙谚语：骑马让我与上帝试比高。

但是，这样的澄明时刻在我的生命中比较罕见，我想大多数人也不例外。人很难突破当下的压力去进行思考。心灵的平静就像乡村，而活跃的生活则像城市，充满思想、面孔、冲动、愉悦、义务和希望。人在生命之城该怎样行走，又如何思考呢？

关于这一点，我的基本观点是：我不喜欢乘坐出租车。听上去愚蠢吧？让我这么说吧：生命是从此处到达彼处的一段旅程。你从一扇门出来，进入另一扇门。你的面前有一个时钟滴滴答答地计算着你的时间，你要为时间埋单，但只有等行程结束时你才知道代价是什么。你走下出租车，跟司机说再见，或者一言不发地走开。就那样，旅途结束。

不坐出租车怎么能是一种信仰呢？让我们看看别的选择。你可以坐汽车，当然也可以乘地铁。你进入地铁车厢，人们撞到你身上，地铁叮铃哐啷，里面空气不畅，气味也糟糕。但是，人生在那儿继续——人生的味道也不好，但是不管怎么说，它很美妙。

车厢里有各色人等，健康的，漂亮的，生病的，痛苦的，堕落的。也许你会听见刺耳的音乐声，看见一个面容畸形的瞎眼老妇在一个小女孩的牵引下穿过车厢。老妇人吹着口琴，人们朝小女孩手里的锡皮杯里扔硬币。车厢的角落里还有一个傻蛋在自言自语个不停。所有这一切都是生活的一部分——他们是我们的同伴，我们的同路人。如果乘出租车，只有你孤单一个人。

我旅行的方式可以是我的信仰。语言并不重要，重要的是我做什么以及我喜欢怎样旅行。当我祈祷时，我可以锁上办公室的门，一个人祈祷，就像一个人乘坐出租车一样。或者我可以去教堂，还可以在寺庙或者教堂里祈祷，那儿每天有成千上万的人穿梭过往。他们也都在祈祷，他们与我选择同样的乘车方式。当我的祈祷词与他们的交融时，我也成为世界的一部分，在人生之旅的神秘面前保持谦恭。我认为那才是乘车的方式。

尼文·布施（Niven Busch），美国小说家、编剧，其电影剧本《邮差总按两遍铃》广受好评。他的小说包括《阳光下的决斗》、《贩卖仇恨的商人》以及《加利福尼亚街》。布施八十五岁时首次“触电”，在电影《不能承受的生命之轻》中饰演一个小角色。

母亲最亲

本杰明·卡森

简而言之，我相信我母亲。

我的信念始于孩提时代。那时，我梦想成为一名医生。

我母亲曾做过用人。她在日常工作中发现，社会上成功人士读书时间远远多于看电视的时间，因此她规定哥哥和我每周只能看预选好的两三个电视节目。在空余时间里，我们必须从底特律公共图书馆借回两本书来读，并且要交读书报告，她会认真批改并做标记。多年以后，我们才意识到她做的记号只不过是个“花招”——母亲并不识字，她只有小学三年级文化。

尽管我们生活清贫，但是通过阅读，我可以去任何地方、做任何事、变成任何人。

我进中学时是个优等生，但好景不长。我喜欢奇装异服，热衷于跟其他男孩子们一起玩。渐渐地，我的成绩从 A 滑到 B，接着降到C，但我根本不在乎。我呼朋引伴，玩得不亦乐乎，我觉得自己很酷。

一天晚上，母亲打完几份工后回到家，我向她抱怨自己的意大利针织衫不够多。她说："那好，我把我这周擦地板和洗厕所挣的钱都给你，由你来给全家买食品、交各种费用，剩下的钱都归你，你想买多少件意式针织衫都可以。"

我为这个安排兴高采烈，但当我按照母亲的安排分配钱后，手里几乎分文不剩。我这才明白，母亲是一位理财天才，她能够让我们有房子住，让餐桌上有丰盛的饭菜，只不过买衣服的钱少了些。

我还意识到，瞬间的满足并不会给我带来任何成就。成功需要智慧的积累。

我重新投入学习之中，又变回优等生，并且最终实现了自己的梦想——成为一名医生。

在过去的岁月里，母亲对上帝的坚定信念一直激励着我，尤其是当我要做极其复杂的手术或者当我发现自己身患重疾的时候。

就在几年前，我发现自己得了一种非常严重的前列腺癌，医生告诉我说它可能已经扩散到脊椎。母亲仍旧坚信上帝，她从来不担心，她说上帝还不想抛弃我，不可能是什么大问题。后来发现，我脊椎上的肿瘤是良性的，可以做手术治疗，现在我已痊愈。

我的故事其实是我母亲的故事——她受的教育不多，也没有什么财产，但她用自己的母亲身份改变了地球上许多人的生命。

在这个世界上，母亲最亲，我对此深信不疑。

本杰明·卡森博士（Dr. Benjamin Carson）是约翰·霍普金斯儿童医院小儿神经外科主任，擅长分离连体婴儿和控制癫痫的脑科手术。卡森建立的奖学金已经资助了一千七百多名学生上完大学。他母亲现已退休，与儿子一家住在一起。

接纳与关爱之旅

格雷格·查普曼

我相信什么？我相信我对自己讲的故事塑造了我的真理、灵魂和人生。父母教育我成为一个虔诚的浸信会教友和爱国的美国人。在我的成长过程中，人们教我：天主教徒崇拜偶像，自由派是叛徒，黑和白永远无法混在一起。我的脑海里全是即将把我投进地狱的上帝的形象，上帝看到我一切不好的方面，知道我的任何企图。我生来就带着原罪——我毫无机会。与此同时，美国白人公民的身份让我有一种优越感，我是“更好的”人中的一分子。

年龄渐长，我开始为自己的性取向问题挣扎。每天，我都要与拖我堕落的魔鬼抗争。我抗拒，然后又向肮脏的念头屈服。我逐渐觉得自己是个可憎之物，是上帝讨厌的对象。我尝试过婚介机构，想找个妻子，但是以失败告终。然后，我坐等有人来同情我、爱我，为了取悦他人而伪装自己的想法让我感到恶心。那时我相信，如果我足够严厉地惩罚自己，上帝可能会同情我并修正我的过错。

我变得沮丧不堪。我记得我所参加的《圣经》讨论小组谈论过他们曾把一位拒绝告别同性恋的人踢了出去。我的血液凝固、心跳加快。我记得家人问过我到底怎么了，为什么我不再约会？我越来越强烈地感到自己不再完整，我不再去教堂，不再奢望有人爱我。三十五岁前，几个拥抱就是我一生所有的亲密接触，我的肌肤因为饥渴而呐喊。我已经绝望，但同时又觉得如果忍受下去的话，或许有一天事情会出现转机。后来确实如此。

我开始改写自己人生的基本故事，不再告诉自己“我是坏人，是远离上帝的人，是天生的怪胎”。我开始爱自己，并相信上帝也爱我。我不断重复这个故事，随着这种信念的加强，我开始爱别人，并且得到了回报。伴我成长的种族主义也开始淡去。我越爱自己，在别人身上就发现越多的美。我越健康，就越爱读《圣经》，读我们所有的被当作故事流传的伟大神话，也越来越多地审视内心，去寻找适合我的爱人。

六个月后，我与相处了五年多的人生伴侣结合，成为圣公会教徒，并改变了政治信仰。我相信：能够让自己最爱自己、最富有创造力，爱别人并支持他人创造的故事才是适合我的故事。正是有了那些美妙的体验，我才相信我们尚活在人间。对，我是同性恋。现在，经过几十年的斗争，我的故事终于圆满。

格雷格·查普曼（Greg Chapman）出生于休斯敦医院，现在居住的地方距离医院几英里。除了企业会计师这一职业外，查普曼还热衷于写作，现在正在创作一部小说。他说写这篇文章的过程是一段疗伤之旅，因为它帮助他探寻自己人生的关键时刻。

同享信任时刻

沃伦·克里斯托弗

不久前的一个晚上，我正以每小时六十码的速度行驶在一条双车道高速公路上，迎面一辆车以同样的速度冲过来。在汇车的那一刹那，我看到了对方的眼睛——虽然只有一秒钟的时间。

当时我想，他是否和我一样想到那一瞬间我们多么地彼此依赖。我希望他不要睡着，不要因接听手机而分神，不要冲进我的车道，让我突然一命归天。尽管我们一言未谈，但是他也以同样的方式依赖着我。

把这件小事放大，推而言之，我认为这就是世界运转的方式。从某种程度上说，我们每个人都彼此依赖。有时候，那种依赖只是要求我们不要做类似穿越双黄线之类的事情；有时候，它要求我们与盟友甚至陌生人合作。

早在一九八〇年，我正积极斡旋，努力要求释放被扣在伊朗作人质的五十二名美国人。伊朗人拒绝与我面对面，坚持要通过阿尔及利亚政府来互传信息。尽管我从来没有与阿尔及利亚外长打过交道，但是我必须依靠他来完全精确地接收并传递我的信息以及其中蕴含的微义。在他的帮助下，五十二名美国人全部安全回家，没有他的帮助，我们根本无法做到这一点。

科技让世界越来越小，这时国家间更需要加强合作。二〇〇三年，来自五个国家的医生迅速携手，查明非典病毒，这一举动挽救了成千上万人的生命。事实证明，国际恐怖主义也是一个类似的问题，需要全球的警察和情报部门协调运作。我们必须意识到，我们的命运并不仅仅由我们自己掌控。

在我自己的生活中，我非常重视个人责任。但是随着年岁的增长，我也逐渐相信有时候人们必须依靠他人的信仰与判断。所以，当我们每个人独自行驶在一条黑暗马路上时——这是迟早的事——我们必须明白：迎面过来的车灯可能不是威胁，而是一个互相信任的时刻。

沃伦·克里斯托弗（Warren Christopher），一九九三年至一九九七年间任美国国务卿。在担任卡特总统的常务副国务卿期间，他促成了中美关系的正常化，通过了巴拿马运河协议，并成功使被扣伊朗的美国人质安全回家。克里斯托弗出生于北达科他州，现居洛杉矶附近。

最艰难的工作

玛丽·库克

未婚夫去世的那一天，雪花开始飘落，就好像那天与十一月的任何一天没有两样，就好像他从房顶上跌落时我的世界没有天翻地覆一样。我发现他的时候，尸体上面已经堆积了一些雪花。接下去的四个月里，几乎每天下雪，我就呆坐在沙发上，看着雪花慢慢堆积。

一天早上，我跌跌撞撞下楼的时候，惊讶地发现一辆扫雪车正在清扫我家门前的车道，还看到一个女人弯着腰在铲步行道上的雪。我跌坐在地，爬过客厅，又折回楼上，我害怕那些慷慨的好人看到我。我感到万分窘迫，那时的第一个念头是：怎么回报他们？我甚至没有力气梳头，何谈帮别人铲雪？

在乔恩去世之前，我极少向别人求助，这一点让我感到自豪。我一直自诩是个能力强、善独立的人，如果我不再有能力、不再忙碌，我是谁呢？如果我所做的一切就是每天坐在沙发上看雪花飘落，我还怎么能尊重自己？

学会怎样接受爱和支持对我来说并不容易。朋友们为我做饭，我哭了，因为我甚至无法帮忙摆桌子。“平常我不是这么懒的，”我哭着说。最后，朋友凯西坐到我身旁，对我说：“玛丽，为你做饭并不是一件烦人的事。我爱你，我想做，能为你做点事情让我感觉很好。”

在那些暗无天日的日子里，支持我的人全都说着类似的话。一位非常有智慧的男士告诉我：“你并不是无所事事，完全释放悲痛可能是你一辈子最困难的事情。”

我不再是以前的我，但是，在许多方面我变好了。现在，我的人生充满感激和谦卑。我惊奇地发现，面对最大的恐惧，然后全身而退，你就会拥有难以置信的自由。我相信，放弃同样需要力量。

玛丽·库克（Mary Cook）是阿拉斯加州古斯塔夫斯市一家飞机租赁公司的地勤人员。古斯塔夫斯只有四百人，位于冰川湾国家公园的环抱之中。除了从飞机上装载货物和卸货外，库克还负责处理邮件，同时在小镇上唯一的一家咖啡馆里做服务员。此外，她还在一家收容所担任志愿者。

恶传千里，善也一样

诺曼·科温

多年前，在看一场电视转播的棒球比赛时，我看到道奇队的奥雷尔·海尔施塞尔投出的快球打中了一位击球手。当时摄像机正好给了海尔施塞尔一个特写，我从他的嘴形辨认出他在说："对不起"。击球手跑到一垒，对着投手友好地点点头，比赛继续。

这简单的三个字让我对海尔施塞尔、击球手以及整个比赛顿生好感。这不过是一个常见的礼节，但给我留下十分深刻的印象，让我多年后依然记得那个场景。

与常见礼节紧密相连的是善良、同情和善解人意，而使用了这些礼节，施礼者自己也会感到如沐春风。当十字路口的汽车司机向另一个等待加入车流的人示意说"开吧，没问题，开进来吧"，受礼者微笑着做出一个感激的手势，此时施礼者也一定快乐无比。这是一件非常小的事情，但是它代表了一种大气。从根本上讲，这关乎同情，而同情这种品质近来奇缺，并且越来越罕见。

但是你看，我们别骗自己。如果希望仅凭善良、善解人意和同情能够纠正错误、治疗创伤、维持和平并让新世纪从上一代遗留下来的疾病中康复，这可能就有些愚蠢了。即使有一个天堂般美妙的办法，我们也有点得寸进尺，况且天堂可不管这些。

这得依靠榜样的力量，它可能是积极的，也可能是消极的。平静的大海和一帆风顺的航行不会成为新闻，但是海难会。这一规律告诉我们：坏事传千里——一旦恶被宣传，经过重复和模仿后会招致更多的恶。

但是善也能像恶一样传播，此时就需要善良和同情的力量参与进来。只要周围不乏正直和热心人士，只要他们没有被噤声或流放，只要他们敏于思考、精于行动，正面的行为就有机会去感染别人，民主就不再是只能选择减少恶行，人们也不再会避开投票站，放弃自己的选举权，也永远不会抛弃言论自由、集会自由、宗教自由和观念自由。

但是为什么还犹豫不决呢？不管种子要多久才能发芽，为什么非要等待时机才开始播种呢？我们走过了两百多年的历史，陷入今天的困境，也许要花同样长的时间摆脱它。但是，凡事总有一个开头。

诺曼·科温（Norman Corwin）一九四五年制作的关于二战欧洲战场战斗结束的广播节目《胜利消息》被誉为广播杰作。科温现已年逾九旬，继续在南加州大学教授写作和新闻。在他的客厅里，广播界大事记和棒球纪念品摆放在一起。

散步与聆听

苏珊·科西奥

有时候我觉得自己真的没有方向感，在四十五岁这个年龄，那可有点吓人。我觉得我的注意力不集中是因为我的角色太多，并且总是想让每个人都开心。我的大部分时间都在回应别人的要求：“妈妈，你能不能……”“苏珊，你能不能……”作为母亲、作为朋友、作为一个人，我的世界充满了各种有声或无言的期望，等着我去努力实现。

我认为，如果要找到真正的指南针，我必须远离妨碍我的杂音。为了做到这一点，我每天散步一次，散步时唯一做的事情就是倾听。圣灵那静谧、温和的声音指引着我的生活，而在我们这个喧嚣世界，我必须慢下来或者抽身而出才能听见他的声音。我发现，祈祷中重要的并不是我说了什么，而是我听见了什么。

与上帝共处的时间就像从茂密森林的深处爬向山巅一样。它给我启示，让我发现自己涉足过哪些地方，将来会去哪里。

当我花时间仔细倾听时，辨别上帝的声音并不太难。有时候，当我退出某件事情时，我听到他的声音，就像灵感突现一般。有的时候，它是一种强烈的必须先做什么事情的感觉，或者相信自己必须去做或说某件事情。散步时我的口袋里常常装着一支铅笔和一个记事本，回家的时候纸上已经有一篇演讲稿或者一篇文章。后来，有人告诉我她被我胡乱写在纸上的文字打动，我知道我的灵感来自上帝。

我对精神真理的追求与其说是宗教方面的，不如说是与关系相关。它不是要把上帝的旨意理性化，而是强调在内心和脑海里内化他的真理——这一理解非常深刻，也很私人，它不仅影响了我的思维，还影响了我的行为。在每天散步的过程中，我发现了如何教育子女，帮助他们渡过困境；如何受到启发，去给一位久未联络的朋友打电话；如何感到自己有义务去帮助陌生人，后来这些陌生人很快成为我的朋友。

我相信每日散步、每日倾听，因为在那个时候我最接近上帝，也是在那个时候，我找到了自己的方向。当我的耳朵拒绝聆听世界的声音，并且当拒绝的时间足够长，直到我能听见上帝那安静、柔和的声音来指引我时，我的内心最为平静。《诗篇》第四十六篇这样提醒我：“静下心来，你就会发现上帝的存在。”

苏珊·科西奥（Susan Cosio）是加利福尼亚州萨克拉门托市萨特医疗中心的主任，三个孩子的母亲，还为《戴维斯企业家报》撰稿。科西奥最喜欢散步的地方是深山或海滩，还有自家附近的一个鸟类保护区。

神圣永不渝

凯西·达伦

我是在七十年代初上的大学。那时，我虔诚地信仰上帝和基督，但是我的信仰被一节似乎毫不沾边的课程打破，从那以后，我超越了教条的束缚，折服于一个伟大的真理。

我的专业是英语，所以我对理念和哲学知识如饥似渴。但是在华兹华斯的自然诗歌和卡夫卡的存在主义短篇小说之间，我感到自己需要学一点实在的知识，有关血液、骨髓和细胞的东西。

因此，我选修了人体解剖和生理学课程。一次上课时，教授将我们带到验尸房，让我们看看书本和图表远不能体现的东西。

当我们走进验尸房时，大家都忽然压低了嗓门，我们的眼睛被墙边一排排装有人体器官的容器所吸引。

在验尸房里，一具男尸躺在不锈钢桌子上。他的皮肤蜡黄、松弛，像塑料一样，嘴巴还未合拢。

他死于自杀。

医师开始进行无血解剖，站在最外围的几个学生晕倒了。我努力站稳脚跟，还稍微往里面凑了凑。正如老师教的一样，我看到了带有心室的心脏，他的胃还带有发酵粉的味道，我还看到了他的骨架和薄得像纸一样卷曲的肠子。

不知道为什么，让我印象深刻的是所有这些器官都没有表达出丝毫的恐惧、欲望、野心或爱意。没有一个器官能让我发现善良，没有什么组织能让我发现人类意志或者创作音乐的动机。

医生用电锯切开尸体的一部分头皮，小心地将头颅解剖开来。裸露出的大脑就像蚕茧的内里一样，被思想和经历打下许多褶皱。

我注视着那些灰色的神经组织，没法把我所知的关于自我牺牲、谅解、自杀等诸如此类的概念同生命只包括生理的说法联系起来。我很了解自己，知道渴望、想象和思想无法被降格为化学反应或电脉冲。

那门课程，尤其是参观验尸房的经历让我思考了很多，比预期的还要多。我是带着了解具体生理结构的目的去学习人体知识的，但却以一种更深刻的方式发现：虽然生命短暂而脆弱，但是灵魂不朽。

这一难以捉摸但却无比神圣的念头轻声告诉我有关上帝的事情，说我有能力去了解并喜欢他。它让我透过表面现象看世界，并提醒自己：皱着眉头去开信箱的邻居女士、大街上神气十足的孩子或者我那喜欢好好聊天的无神论者朋友，他们都像我一样，每个人都有不朽的灵魂，都值得同情。

凯西·达伦（Kathy Dahlen）七年级时，一位老师让她爱上语言，之后达伦一直梦想成为一名作家。她现在是自由撰稿人，同时还是一位对外英语的志愿者教师。达伦现住在华盛顿州奥林匹亚半岛北部沿岸一个名叫赛奎姆的小城里。

父亲的启明星

五十年代广播系列之一

威廉·O·道格拉斯

在悲伤或沮丧时，我常常想起多年前我们住在华盛顿州的亚基马镇时的一个场景。那时我大概七八岁，父亲已经在几年前过世。一天，母亲坐在客厅里跟我说话，告诉我父亲是多么优秀的一个人，她说起父亲最后生病和辞世的情景，谈到他如何离开华盛顿州的克利夫兰去俄勒冈的波特兰接受手术。结果手术失败，医生无力回天。他对母亲说的最后一句话是："如果我死了，那是荣耀；如果我活着，则是恩典。"

我依然记得那些话如何让我觉得如坠雾里，我无法理解为什么死还能是荣耀。活着是光荣的事，这个我能理解，但是死亡为什么是一种荣耀呢？后来我终于明白了。

一天，在一个危机关头，我理解了父亲的话："如果我死了，那是荣耀；如果我活着，则是恩典。”那是他的启明星，是对超越人类的力量的信仰。那也是我们先辈的信仰，是对掌控着芸芸众生的上帝的信仰，相信上帝以不同方式向不同的人展示自身的存在。诸多学者和博学之士已经在许多不同教义中对此进行了记录。但是，超越所有世俗纷争的是对造世主的信仰，相信他创造了生命，相信他无所不能。

人类一直为获得自由而努力，不断反抗一些可能奴役其心智或身体的专制和独裁。到目前为止，世界已经在本世纪三次遭遇这种暴政。

只有当我们能够自立、享有足够的自由时，我们才能在日益严峻的历史危机中保持自由。金钱、炮弹以及科学和机器创造的所有神奇产品都不足以让我们安享自由。“今夜必要你的灵魂[①]。”

如今，我看到贪污和腐败在政府中肆虐。如今，我看到人们因为害怕被视为“异教徒”、“不忠者”而拒绝吐露心声。如今，我看到美国越来越向物质看齐，与道德标准渐行渐远。如今，我看到美国正远离基督教信仰，在国外的所作所为如同一个只对炮弹和金钱感兴趣而对人民及其希望和追求无动于衷的傲慢、自私、贪婪的民族。今天，父亲的话越来越频繁地回响在我耳畔。

我们需要他的信仰，需要我们父辈的信仰。我们亟需一种信仰，鞭策我们，让我们献身于比我们自身或身外之物更伟大、更

---

① 语出《圣经·新约·路加福音》第十二章。

重要的事业。只有拥有那种信仰，我们才能在这一刻，这一世界历史上最为关键的时刻，把握民族的命运。我坚信如此。

威廉·O·道格拉斯（William O. Douglas）在一九三九年到一九七五年间任美国最高法院法官。他幼年时住在华盛顿，曾在家附近的喀斯喀特山脉徒步行走，以锻炼受小儿麻痹症影响的双腿。其观点以强烈支持个人权利，怀疑政府权力著称。

诚实的疑者

五十年代广播系列之一

伊丽莎白·多伊奇·厄尔

我的许多朋友在十六岁时已经确定了自己的宗教信仰（通常与父母的选择一样），并出于许多原因坚持着。但是我呢，在宗教方面依然是一个“自由派”，仍在寻找能够指引我成年生活的信仰。我担心自己会终生寻觅，永远也无法获得最后的满足，因为我有一颗怀疑、探寻的心，这可能是我的幸运，也可能是诅咒。

现在，我的怀疑精神已经从一些源自书籍和经验的理念中找到了慰藉，可以形成一种个人哲学。这一哲学由几个原则组成，但我发现它们只能充当宗教的补充，不能取而代之。

其中的一个原则几乎放之四海而皆准：“对必做之事置若罔闻是一种犯罪。”在该原则的驱动下，我主动做一些不太招人喜欢的工作或者捡起门口的纸屑。我再也不能心安理得地忽视自己的义务了。这肯定就是“良心的小小呼声”，不过我对义务的理解让我听得更真切罢了。

“难事马上做，不可能的事往后挪一挪。”这是一位富有潜力的科学家的座右铭，他已经开始为揭示生命的神秘忙碌起来。年轻人面临困境或失败时需要这种乐观主义精神。

清教徒牧师乔纳森·爱德华兹决意永远不行报复之举。我是一个现代人，信仰的教派迥异于清教主义，但是我也认可这一信条。在当今国家，互相报复似乎已经成为惯例，有时候我自己的道德信条与成年人移交给我们的这个复杂世界难以调和。很明显，为了让生命更持久，我必须遵循自己的原则，同时希望这种感情能够感染我的同胞，继而产生一种连锁效应。

对一个思考者而言，这样的信条非常重要。但是，尽管如此，它们通常在灵魂中留下一个真空，各大教派正在努力以自己的方式进行填补。今年，我参观了一些教会，既包括正统教会，也有极端自由主义的教会。在寻找个人信仰时，我认为了解各种宗教是我的义务。每个教派都在我心中留下一些印记，有的提出了有关上帝和人的新概念，有的展示了对其他信仰的理解和尊重。我已经发现，接触其他宗教是使自己远离偏见的最好方法。

通过这些参观，正统基督教的理性在我心里留下最清晰的印象，但我还是无法接受它。我对神有一种简单的信仰，渴望通过努力过上体面生活，我希望他对我的这种努力感到满意。即使我发现没有来生，这一发现也不会让我失去继续追求有道德的生活的动力。我的哲学家式的思维足以让自己明白：公道本身才值得热爱。

这就是我年轻的哲学，一种简单、自由、乐观的感觉，当然我也有些担心自己成熟后可能会失去其中一些特质。并且，一想到传统思想家可能是正确的，而我可能是错误的，我就开始动摇。不管怎样，这些是我十六岁时的信仰。如果我错了，我还太年轻，意识不到自己的错误。在偶尔的绝望时刻，我会想到这句话：“上帝爱诚实的怀疑者。”然后释怀。

十六岁后的重要感悟

伊丽莎白·多伊奇·厄尔

五十年前，在我十六岁的时候，我的一篇文章在《我相信》的第一个系列中发表。之后，生命的长河奔腾不息。我念完了大学，结了婚，与丈夫相伴四十余年，有两个女儿，有一份与科学相关的事业，还有两个可爱的外孙。在这五十年里，我的父母和一些朋友也相继离开人间。

多年前写下的信仰至今没有太多改变，我依然保留着当年的性格，例如：我仍然质疑宗教权威，对世界充满好奇，并且依然保有正直生活的高远志向。我眼中的当下世界还是像五十年代一样让我忧心。

那么，从十六岁到现在，我收获了什么样的重要感悟呢？

现在，我明白生活通常充满不公。我自己过着衣食无忧的生活，常有快乐相伴，也没什么特别的悲伤和痛苦。但是，我在其他国家的旅途见闻、身边人的经历以及各种新闻报道都向我表明：许多人身处困境，举步维艰。这种对比困扰着我，但我还是不确定怎样回应才是最好的方式。我确信，已经富有的我们不应该将自己的好运视作个人才能或权利的体现，而是一种必须认识到他人需求的义务。

遗憾的是，我并没有践行年轻时“做必做之事”的乐观目标。我努力成为熟人的好朋友，并且支持我所尊重的伟大事业，但是我发现自己的努力只能在细微方面改变世界。

做好人、争取社会正义依然是我的首要追求，但其原因并不是宗教。少年时文章里“对神简单的信仰”多年来已渐渐淡去。“九一一事件”之后，我重新信仰一神教——还是我十六岁时积极信仰的那个教派。我再次发现，对于人生深刻事务的共同反思是持续的、令人振奋的，并催人持续不断、一步一步地朝着重要的方向前进。

我认为，我们应该花时间活在当下。最近我听到这样一句话：“既来之，则安之。”我很欣赏这种态度。它可能并不适用于每个人，远离痛苦可能是英明之举。但是，像我这样一心想着第二天的工作、在外面走路时都看报纸的人，也应该记得抬头看看天空，看看周围的人。

我认为，感受到快乐时承认它并心存感激非常重要。每个人都有这样的时刻，这不仅仅限于特殊场合。有时候，我会突然意识到，此刻我真的很快乐，而且我并不只是在某个特殊时刻才会那样。这是宝贵的体验，值得细细品味。

年轻的时候，过诚实、道德的生活似乎是我的一个直接目标。现在，我发现看到必做之事并不总是那么容易，切实做起来则更难。尽管如此，我很庆幸自己还有时间继续践行自己的目标，去品味生命的每一天。

伊丽莎白·多伊奇·厄尔（Elizabeth Deutsch Earle）十六岁时在家乡克利夫兰举办的《我相信》征文比赛中获奖，奖品是赴纽约为《我相信》第一系列录制自己的文稿。厄尔现任康奈尔大学植物学教授。

服务同胞的理想

五十年代广播系列之一

阿尔伯特·爱因斯坦

神秘事物是我们能拥有的最美妙的体验——认识到世间存在着深不可测的事物，发现绝伦之美背后隐藏着最深奥的道理。我无法想象一个既奖赏又惩罚自己造物的上帝，或者一个拥有凡人意志的上帝。生命永恒的神秘让我满足，意识到并领略现存世界绝妙的构造让我满意，探求自然界展示的奥秘的坚定决心让我感到欣慰——无论这部分奥秘多么微不足道。这是宇宙宗教情怀的基础，并且对我而言，艺术和科学最重要的功能就是唤醒受众心中的这种情感并使之保持鲜活。

我认为，具备人类组织内在价值的并不是国家，而是创造力强、情感丰富的个体，是创造崇高、打造卓越的个体。

人类的伦理行为应该牢牢扎根于怜悯、教育和社会关系。所谓道德，并不是神性的东西，而是纯粹的人类事务，只不过它在所有人类事务中最为重要罢了。在历史长河中，智者已经赞美并传播了关乎人类彼此间行为以及关乎社会最佳结构的理想。这些理想和信念——历史经验、共鸣以及对美与和谐的需求——通常已经得到人类由衷的认可，至少在理论上如此。

我们西方人的志向和判断的最高法则源自犹太-基督教传统。这是一个极高的目标：个体获得自由、负责的发展，以便他能够自由并且愉快地利用自己的力量为全人类服务。

对自身认可的追求、对正义几乎狂热的爱以及对个体独立的渴望形成了犹太人的传统主题，我也是犹太人的一分子。

但是，如果一个人将这些高标准与我们时代的生活和精神仔细进行比较，那么，非常明显，当下人类深陷险境。在个体与社会的关系中，我看到了当前危机的本质。个体发现自身对社会的依赖前所未有，但是，他感到这并不是积极意义上的依赖，而是被包围，成了有机体的一部分。他发现这种依赖是对他的自然权利甚至经济存在的一种威胁。那么，他在社会中的地位就是：自我的东西得到鼓励和发展，激励他服务他人的力量——最初只是一种微弱的冲动——却萎缩。

我相信，只有一个办法能够免除这些不幸，那就是建立计划经济，同时实施与社会目标一致的国民教育。在发展个人能力的同时，个体教育还须努力重新激活服务同胞的理想，并且这一理想必须取代对权利和表面成就的追捧和歌颂。

阿尔伯特·爱因斯坦（Albert Einstein）于一九一六年发表广义相对论，对物理学和宇宙学产生深远影响；一九二一年因对光电效应的贡献荣膺诺贝尔物理学奖。爱因斯坦曾在普林斯顿高等研究院任教多年。

讲述的神秘力量

伊芙·恩斯勒

我相信，讲述具有神秘的力量。语言能够改变我们的细胞，重新安排我们固有的行为模式，并让我们改变思考方式。我认为，通常情况下我们眼前的事物最容易遭到忽视，所以把它们讲出来很重要。

想想“阴道”这个词。我相信，在每晚的节目中重复一百二十八次这个词，说出我的耻辱、驱散我的痛苦隐秘和坦陈我的渴望，是我回归自我、回归身体的方式。如果在不该讲的场所频繁地、大声地使用这个词，讲述本身就会变得具有政治性和神秘性，会促发一场终止针对女性暴力的全球运动。公众对一个代表着身体上被掩埋和忽视的一个不光彩的部位的词的言说等于打开了一扇门，它是能量的爆发，是故事的铺展。

当我终于能够以一个成年人的身份与母亲一起坐下来，诉说父亲对年幼的我实施的性和肉体的双重暴力时，这时刻异常艰难。正是当着母亲的面明说事情的真相这一行为消除了压抑我二十年的悲痛。当我保持沉默的时候，我把自己的经历深藏心底，讳莫如深。这摧毁了我的整个人生。我相信正是这一讲述时刻让我和母亲终于敢于面对埋藏在内心最深处的魔鬼和我们遭受的欺骗，并终获自由。

我的脑海里浮现出诉说遭遇阿富汗塔利班暴行的妇女，在波斯尼亚战争期间遭遇有组织强奸的妇女以及海啸肆虐之后在斯里兰卡难民营里排成长队去诉说噩梦、痛苦和需求的妇女们。我到过世界上的很多地方，倾听无数女性讲述她们的经历：约会时被强奸或遭遇硫酸侵害、生殖器受损、被男朋友痛打或者被继父侵犯等等。

毫无疑问，这些故事令人心痛不已。但是我相信当每一位妇女开口讲她的故事时，她就打破了沉默，通过打破沉默她打破了自己的孤绝，开始消融她的羞耻和愧疚，真正面对自己的经历并消除痛苦。

我相信一个人的宣言能够为许多人带来启发。海伦·考尔迪科特[1]列数核武器竞赛升级的恶果，因而一场反核武器运动应运而生。一位勇敢的士兵站出来讲述他在阿布格莱布监狱遭受的虐待，

---

① Helen Caldicott (1938—　)，澳大利亚医生、作家，同时为著名活动家，致力于推动公众核意识，为禁止核武器四处奔走。

一场彻底调查就此展开。

谈论事物、打破禁忌和抵制是最危险、最恐怖，也是最重要的工作。不管政治环境如何或者是否存在高压政治，不管事业是赢是输，不管多么恐惧会遭遇批判、流放或憎恶，我们必须讲述。我相信，自由从此起航，人性得以长存。

伊芙·恩斯勒（Eve Ensler），作家、活动家，现居纽约。她的剧作《阴道独白》被译成三十五种语言，仅二〇〇四年一年就上演了两千多次。恩斯勒是“胜利日”组织的创立者，该组织致力于在全球终止针对女性的暴力事件。

服务人类的理想

安东尼·福奇

我相信我有责任对社会产生积极影响。为了实现这一目标，我选择公共服务为业。我是一个医生，也是一位面临传染性疾病挑战的科学家。我把工作视作一个礼物，它能让我努力帮助缓解人类的病苦。

我的人生有三大指导原则，并且我每日自省吾身。

首先，我求知若渴。知识总是与真理如影随形——这一认识来之不易，收获于先后在纽约市瑞吉斯高中和马萨诸塞州沃瑟斯特的圣十字学院接受的耶稣会教育。我认为自己永远是学生，我每天都在探索和学习：从实验室的一项实验中学习，从阅读科学杂志中学习，从照顾病人中学习。正因为如此，我很少感到厌倦。

第二，我追求卓越。事无巨细，我都会竭尽全力。我并不觉得这有什么不好，作为一个完美主义者，我总是努力改进自我。这带来一个副作用：我总是清醒地感到一种淡淡的焦虑，总觉得自己做得不够好。但是这种焦虑并非无的放矢。是的，焦虑让我谦卑，它营造出一种健康的张力，成为推动我实现自己有限潜力的催化剂。

这让我成为一个更好的医生和科学家。如果没有这一压力，也许我就不会如此专注。

我的知识和理解永远达不到我的期望值，我已经接受了这一现实。正是这一点让求知变得更加振奋人心！即便没有报酬我也情愿每天工作，这是原因之一。

第三，我相信，作为一名医生，我的目标是服务人类。

我将全部职业生涯奉献给了公共服务，大部分时间我都在搞科研、照顾病人和制定针对艾滋病的公共卫生政策。二十世纪八十年代，当我决定专攻艾滋病时，许多同事认为我将所有精力集中到当时被认为是“男同性恋病”的领域是个错误。但是，我觉得那是我的宿命，我接受过完全对口的专业训练。我心里清楚这将成为公共卫生的灾难，我的使命就是面对这一巨大的全球公共卫生灾难及其可能带来的更大的破坏力。

我们目前对它还无能为力，但这不能变成一种托辞。我相信，如果要在控制这一可怕疾病上略获进展，我必须遵循这些原则。我必须继续追求知识、追求卓越，我必须明白：与自己的渺小相比较，国际社会的福祉更重要。

安东尼·福奇博士（Dr. Anthony Fauci）从小就骑着自行车帮父亲的药店送处方。福奇博士现任国家过敏症和传染病研究所主任，研究领域包括HIV/AIDS、哮喘、过敏性疾病等，并为政府提供有关国际艾滋病危机和生物恐怖主义威胁方面的咨询。

上帝拥抱我

约翰·W·方丹

我相信上帝。我相信的不是儿时妈妈告诉我的那个宇宙间无形的空中之灵，那个“过去在，将来永远也在”的神灵，而是父亲从我们的生活中消失后拥抱着我的上帝。我四岁时的一个深夜，父亲戴着手铐被警察带走。他穿过前门，走下楼梯，从此消失。

在那个寒冷的冬夜，芝加哥寒风凛冽。我们住在冰冷的公寓里，几乎能看见自己呼出的白雾。我们的煤气被切断，没有食物，没有热水，濒临绝望，这时，上帝温暖了我。

当我看到儿时的伙伴被自然的无常带走，目睹他们的死亡和绝望时，上帝牵着我的手；当我感到自己像个“没爹的孩子”——没有人搂着我说“一切都会好起来”，没有人为我感到骄傲、叫我“儿子”时，上帝认我。

我相信上帝，相信天父，相信圣子耶稣基督是他的化身。上帝让我感觉到他的存在——他如同一杯热巧克力，在寒冷的午后温暖我空空的肠胃；或者化作一个声音，在人生的暴风雨中抚慰我；在别人说我一无是处的时候告诉我：你是个人物。他还告诉我，虽然我被抛弃，虽然那个抛弃我的男人除了给我姓名和DNA之外什么也没留下，但是，我是上帝的孩子，我能在上帝身上找到慰藉。

我信仰上帝，他对于我而言是父亲，是阿爸父[①]——是老爸。我总是嫉妒那些与父亲手牵手的男孩们。我渴望父子之间的对话，谈谈小鸟，说说蜜蜂，或者什么也不说，单纯地感受他的呼吸、心跳以及在一起的感觉。我还是个孩子的时候，经常坐在门前看车来车往，想象着有一天一辆车会停下来，从车上走下来的男人就是我老爸。但这从来没有发生过。

一九七九年一月，我十八岁时，在亚拉巴马一个寒冬的夜晚，我终于与父亲面对面。但是，我没有一滴眼泪——他躺在棺材里，全身冰冷，双眼紧闭，没有心跳，永远停止了呼吸。他死于车祸，死的时候还烂醉如泥，留下我踯躅在没有父亲的悲伤岁月里。

那一天距离父亲被警察带走的那个晚上已经过去了很多年。当时，母亲害怕父亲会再次伤害她，再次打她，所以才报警。最终，酗酒消磨掉了他身上所有的善，将他彻底吞噬。

多年以后，当我站在父亲的墓前，跟他进行一次迟到的对话

---

①《圣经》中耶稣对上帝的尊称，意为父亲。

时，我的眼泪才终于掉下来。我跟他说我现在的成就，告诉他我多么希望他能够陪伴在我的生命之中。在他不在的日子里，我深深意识到我找到了另一个父亲，或者说，他——上帝，天父，我的父亲——找到了我。

约翰·W·方丹（John W. Fountain），伊利诺伊大学厄本那-香槟分校新闻学教授，曾担任《芝加哥论坛报》和《华盛顿邮报》记者，还是《纽约时报》的国家通讯员。方丹著有《真正的葡萄藤：一个年轻黑人的信仰、希望和领悟之旅》。

释放创造的力量

比尔·盖茨

我一直很乐观，笃信植根我内心的创造力和智慧可以让世界更美好。

自从记事起，我就热衷于学习新事物，喜欢解决问题。所以，当我七年级时第一次坐在计算机前时，我被彻底迷住了。那是一台笨拙的旧式电传打字机，和我们今天的计算机相比，它几乎一无所用。但我的生活由它而改变。

三十年前，我和朋友保罗·艾伦创办微软时，我们希望实现“家家户户都有电脑”这一梦想。在大多数电脑大如冰箱的年代，这听上去有点过于乐观，但是我们相信个人电脑将改变世界。事实的确如此。

三十年后，我仍然像上七年级的时候那样为电脑着迷。

我相信电脑是我们用来满足好奇心、释放创造力最神奇的工具——有了它们的帮助，即使让最聪明的人束手无策的难题都将迎刃而解。

电脑已经改变了我们的学习方式，为全球各地的孩子们开启了一扇获取大千世界知识的窗户。它帮助我们建立我们共同关注的社区，让我们和对自己举足轻重的人——不管他们身处何方——保持密切联系。

就像我的好友沃伦·巴菲特一样，我为每天都能做自己热爱的事情感到无比幸运，他称之为“跳着踢踏舞去工作”。我在微软的工作依然充满挑战，但我们向人们展示新成果的美妙时刻使我能够“跳着踢踏舞工作”。当他们看到电脑能辨认笔迹、语音或者能存储无比珍贵的照片时，他们会赞叹着说：“真不敢相信个人电脑竟如此神奇!”

除了能用电脑创造神奇之外，我们还能通过许多别的方式发挥自己的创造力和聪明才智，去改善我们的世界。在世界范围内，还有太多的人连最基本的需求都尚未解决。例如，每年仍有数以万计的人死于疾病，而在发达国家那些疾病很容易得到预防和治疗。

我相信，与自己的幸运相伴的是反哺社会的责任。妻子梅琳达和我致力于改善医疗卫生和教育，尽可能地帮助更多的人。

作为一个父亲，我认为一个非洲孩子的死亡引起的痛苦和悲伤丝毫不亚于其他任何地方的孩子的离世。改变这些孩子的命运并不需要大费周章。

我仍然是一个乐观主义者，我相信即便是世界上最难之事都有可能取得进展——其实进展每天都在发生。我们看到治疗致命疾病的新药、新的诊断器械正不断涌现，我们看到人们越来越关注发展中国家的健康问题。

看到医药、教育以及技术领域的各种可能性，我感到振奋。我相信，只要我们坚持与生俱来的独创性和创造力，只要我们愿意解决难题，在我的有生之年里，我们一定会频创佳绩。

比尔·盖茨（Bill Gates）是微软公司的总裁。他和妻子创建了“比尔及梅琳达·盖茨基金会”，支持全球卫生、教育、公共图书馆等项目。

我不是孤家寡人

塞西尔·吉尔默

我认为，家人不仅是血肉至亲，而且是别人都远离你时会站在你身边、爱护你的人。

一九七七年五月，我住在休斯敦十号州际公路不远处的霍华德·约翰逊汽车旅馆里，爸爸和我共用一个房间，里面有两张双人床和一个洗手间。对一个十五岁的羞怯女孩子和父亲而言，这实在太小了。爸爸的第二次婚姻亮了红灯，一周前继母把我们俩一起赶了出来。爸爸不知道该怎么安排我。正在那时候，我的另一群家人像及时雨一样出现了。

巴巴拉和罗兰·比奇把我带回了他们家，因为他们唯一的女儿、我最好的朋友——苏——要求他们那样做。在接下去的七年里，我与他们住在一起。

巴布在浆洗我的训练服时跟洗苏的衣服一样毫不马虎。

她保证我有午饭钱，让我看医生，辅导我写作业，给我买乔迪克牌牛仔裤、普卡珠贝项链，每晚临睡前都给我一个拥抱。巴巴拉和罗兰·比奇会去看苏和我参加的每一场足球比赛，出席我的每一场戏剧表演（即使我一句台词也没有）。总而言之，对于比奇一家而言，苏和我没有任何差别：我也是他们的女儿。

后来，苏和我离开家，上了不同的大学。在我读大学的四年里，他们让我的房间依然保持原样。最近，巴布给了我一张保险单——从我一搬进他们家，他们就买了这份保险，并且一直不间断支付了二十三年的保险费。

比奇一家收留我时对我的一切了如指掌。我七岁时，母亲开枪自杀身亡，从那时起，父亲就依靠别人抚养他的孩子。在我住到比奇家之前，我认为生活全是不公，世间没什么爱，我也不相信爱。我觉得唯一能照顾我的人就是我自己。

如果没有比奇一家，我可能变成一个尖酸刻薄、愤世嫉俗的女人。是他们给了我家，让我成长、改变；他们让我从过去中走出来，让我有信心敞开心扉。

我相信家庭。对于我而言，它不是那个我出生时的家，而是当我住在十号州际公路以外的霍华德·约翰逊汽车旅馆时对我敞开家门的那个家。

塞西尔·吉尔默（Cecile Gilmer），一九六二年出生于圣安东尼奥，共搬过二十六次家，现居犹他州的洛根市，做活动策划员，与一只猫和狗做伴。吉尔默与她的好友苏一家依然很亲近，最近刚参加了一次比奇家的家庭聚会。

执著

纽特·金里奇

我认为，从本质上说我们生活在一个非常危险的世界，虽然现在一切安好，但是可能一夜变糟。

不久前，我站在查理检查站，看到柏林墙曾经矗立的地方，二十年前那里有数百万人曾遭奴役。我意识到那场景可能再次重演。我还去过奥斯威辛，在那里，数百万人被屠杀。后来，我又读到有关苏丹达尔福尔的事情，那儿有数万人濒临死亡。

我知道发生在巴格达的轰炸也可能发生在亚特兰大或华盛顿。我看着已经垮塌的文明：古罗马、古希腊、古代中国、阿兹特克和玛雅。然后，我环顾四周，看着我们的抱负和信仰——某种意义上，我们是永恒的。我意识到，我们之所以能够继续呼吸，全依靠我们领袖的素质、人民的勇敢以及解决问题的能力，这让我们能够再多呼吸一年又一年，直到我们的孩子和孙子都拥有自由、安全、健康和财富。

我是从继父那里学到这一点的，他是一位职业军人，曾经在第二次世界大战、朝鲜战争及越南战争中为美国服务。小时候，我们住在法国。那时的法国还在遭受第二次世界大战轰炸带来的疮痍之苦，那时的法国还有因一战而截肢的人，地铁里还有为在一战和二战中受伤的人设置的专座，那时的法国还在阿尔及尔打仗，那时的法国通货膨胀率达百分之一百。

我们去参观第一次世界大战最大战役的战场：凡尔登。我们与父亲的一个朋友同行，他曾被征召入伍，派驻菲律宾，参加过巴丹半岛的死亡行军。他向我们谈起在日本被囚三年半的事情。

作为一个年轻人，我突然意识到：这一切都是真实的。我们的文明、繁荣、自由以及所有事务之间的差距在于我们的领袖的素质、人民的勇敢、面对现实的意愿以及对解决问题的执著——能源问题、环境问题、经济问题、教育问题以及国家安全问题等。我们面对真实的挑战。我们拥有美好的国家，我们需要保护它。为了保护它，我们必须学习这些经验。

这就是我的信仰。

纽特·金里奇（Newt Gingrich）曾任佐治亚州国会议员，一九九五年至一九九九年间担任美国众议院议长。他在一九九四年提出的“与美国签约”议程帮助共和党在四十年里第一次成为众议院多数党。在录音时，金里奇没有念他准备好的稿子，而是临时即兴说出了上面的内容。

情系陌生人

迈尔斯·古德温

一九七〇年六月二十三日，我在越南为期一年的服役生涯终于结束，被发配回家。那时我是一个二十三岁的退伍老兵，乘坐着一架从加州奥克兰飞回老家得州达拉斯的飞机。

已经有人警告过我说，许多国内同胞对那时返乡的越战老兵心存敌意。结束那场不光彩的战争回家时，没有人会列队欢迎你。我就像其他几万名老兵一样，想着能顺顺当当地回家就可以了。

我穿着军装，坐在一个靠窗的位置，接连不断地抽着烟，避免与同行乘客有任何眼神接触。我旁边的座位刚好空着，这让我更显孤单。突然，一个不到十岁的小姑娘出现在过道里，她一言不发，对着我羞怯地微笑，并且递给我一本杂志。我接过杂志，也接受了她未出声的信号——“欢迎回家”。那一刻，我能说的只有“谢谢你”。我不知道她坐在哪里，也不知道她与谁同行，因为从她手里一接过杂志我就转向窗户哭了起来。这么久以来，她这一小小的同情之举让我第一次感受到温情。

我相信，陌生人互相伸出援手的那一刹那蕴含着深厚的情谊。

那个小女孩肯定不记得多年前发生过的这件小事儿。我想她已经长大成人，继续抚慰别人，并且告诉自己的孩子也那样做。我知道当时可能是她妈妈让她给我那份“礼物”，或者她的爸爸那时也在越南，甚至他已经命丧沙场。她为什么给我那本杂志并不重要，重要的是她的行动。

从那时起，我以她为榜样，努力用不同的方式向各种人做同样的举动。他们就像很久以前乘坐飞机返乡的我一样，永远也不会知道为什么一个人会花时间伸手去帮助萍水相逢的人。但是我知道那天以后我的所有举动都是由于那个小女孩，她送一本杂志给一个疲惫、害怕、孤独的士兵的举动让我终生难忘。我坚信，我的小举动对他人也会产生同样的效果。现在，我想借此机会对那个现已成人的小女孩再说一声：谢谢。

迈尔斯·古德温（Miles Goodwin）是密尔沃基的一位房地产律师。越战期间，他是驻扎在西贡外围的美国陆军总部的一名文职人员，古德温说他退役十年之后才敢告诉人们他的越战经历。他喜欢与家人共度时光，爱好投资，还热衷于骑摩托车。

上帝的舞者

五十年代广播系列之一

玛莎·格雷厄姆

我相信实践出真知。不管是通过练习来学习如何跳舞还是通过实践来学习如何生活，道理是一样的。不管是跳舞还是生活，不管是体力的还是智力的，都是一系列精确的规定动作的表演，我们从中获得成就，找到存在的感觉，享受精神的满足。在某些领域，人变成上帝的舞者。

练习意味着在各种障碍面前一次次地演绎一种希望、一种信仰、一种欲望。练习是实现完美的方式。

我认为，舞蹈之所以在世界上享有如此经久不衰的魅力是因为它是生活的象征。“生命之舞”这个词我已经听到过许多次。对我而言，这个形容很贴切，原因很简单，也很好理解。舞蹈的媒介也是生活的媒介：人体。它是所有重要体验得以实现的根本要素，它的记忆中饱含生命、死亡和爱。

舞蹈看上去魅力四射、轻松愉悦，但是，通达那种境界的道路像其他任何事情一样困难重重。它让人疲惫，疲惫到让你睡觉时都会哭泣；有时候你还会陷入彻底的沮丧；每天还要面对生命的危险。这时，我需要记忆中储藏的由练习带来的安慰以及坚定的信仰。但是，这种信仰一定与亚伯拉罕的一样，“总没有因不信，心里起疑惑。”

一个舞蹈演员的成熟需要十年左右的双重训练。首先要学习和练习技巧，以便强化身体的肌肉结构。身体被塑造、规训、尊重，最后才能被信任。动作变得利落、精确、有力、生动。动作从不开口说话，它就像一个气压计，向所有看得懂的人报告灵魂的天气情况。我们可以称之为舞者生活定律——规定着它的外部因素的定律。

其次是对生命的栽培。只有通过栽培生命才能诉说灵魂之旅的传奇，讲述生命的快乐、悲伤、苦涩和甜蜜。正因为如此，生命的潮涌与舞者的个性融为一体，并且当个体（完整的个体）变得更强大时，个人的东西却变得越来越非个人。还有优雅，我说的是源自信念的优雅：相信生命，相信爱，相信人，相信舞蹈本身。如果希望生命中的任何一场表演有吸引力、有力量、有意义，所有这一切都必不可少。

一个舞者会敬重被遗忘的事物，例如美丽的小骨头的神奇以及它们脆弱的力量。一个思想家会敬畏心智之美，它是那么警觉、执著和清晰。我们这样的表演者，则会留意到微笑，那是杂技演员装备或天赋的一部分。有时候我们都在那根高高的钢丝上走过，我们像他一样知道地球引力的作用。他在微笑，因为在那个危险时刻，他正在练习生活。他不会选择跌落。

玛莎·格雷厄姆（Martha Graham），舞蹈家、舞蹈指导，从事舞蹈事业达七十年，共创作一百八十一支芭蕾舞。格雷厄姆是现代舞的创始人，曾与多位顶尖艺术家合作，其中包括作曲家阿隆·科普兰等。格雷厄姆舞蹈团培养出了阿尔文·艾利以及特维拉·萨普等舞蹈大师。

形象思维

坦普尔·格兰丁

我患有自闭症，所以指导我的是具体规则而不是抽象信仰。由于我有自闭症，在思考时大脑里总是充满图片和声音。

我的大脑工作时就像搜索引擎谷歌搜索图片一样。如果你对我说“爱”这个词，我就会在大脑的互联网中搜索，然后我的脑海中会浮现一系列图像。我会看到一匹带着小马驹的母马，或者，我会想起《万能金龟车》或者电影《爱情故事》中的场景，或者披头士的歌曲“爱，爱，你所需要的就是爱……”

小时候，父母通过具体事例教会我好与坏的区别。妈妈告诉我：你不打别的孩子因为你也不喜欢他们打你。那听上去有道理。如果妈妈告诉我要对某人“好”，对我而言就太过抽象，难以理解。但是如果她说对别人好就是送邻居水仙花，那个我就能理解。

我相信这些实际的事物让世界变得更美好。二十多岁时，我经常思考生命的意义。那个时候，我刚开始自己的事业，为农场和屠宰场的动物设计更人性化的设施。许多人觉得在屠宰场工作本身就是非人性的，但是他们忘了人和动物最终都会死。我的脑海里会有一幅关于如何尽量让死亡更安宁的图画。

二十世纪七十年代，我跑遍位于亚利桑那和得克萨斯的五十家不同的养殖场和农场，帮助他们养牛。我在心里将每个行之有效的畜栏的各个部分归类，然后把那些最有效率的货道、分拣栏、单向斜坡、畜养栏组合到一个理想的新系统之中。当一个农场主告诉我说我设计的畜栏让他的牛进出轻松又安静时，我获得了极大的满足。当牛很平静时，说明它们不害怕。这让我觉得我完成了一件非常重要的大事。

一些人可能会认为，如果可以再选一次，我可能会选择做个“正常人”。但是，我不愿意放弃通过具体的美丽图片进行形象思维的能力。我相信它们。

坦普尔·格兰丁（Temple Grandin）是科罗拉多州立大学动物系的副教授，全美牲畜设施中有三分之一是她设计的，其目标是减少动物在屠宰过程中经历的恐惧和痛苦。格兰丁的著作包括《形象思维》以及《倾听动物心语：以自闭者的奥秘解码动物行为之谜》。

不要安于现状

布赖恩·格雷泽

我决定学习冲浪的时候，已经四十五岁。

试想一下这个场景：在地球上最富挑战、最具竞争性的冲浪点——瓦胡岛的北部海岸——十四英尺高的巨浪汹涌澎湃，二十个带有文身的当地人正在与海浪搏击。而我，身高一米七，吓得差点魂不附体。我寻思着，首先把我打倒的会是什么呢？是巨浪，还是右边那个胸口纹有“愿你安息”字样的壮汉？

人们都说生活已经充满艰难，但是我喜欢让自己挑战困境，因为我一直就是那样做的。每天，我都故意给自己找点难事做，因为我相信：人不能安于现状。

刚涉足娱乐产业时，我列了一个自认为值得一见的人物名单。他们不是能给我工作或者做成生意的人，而是可能震撼我、教我点东西、挑战我的自我认识和世界观的人。之后，我开始给各个领域的专家打电话：辩护律师、神经外科医生、中央情报局探员、胚胎学家、火灾警戒员、警长、催眠师、法医、人类学家等，甚至连总统都在我的名单之列。其中一些是世界名人，例如卡洛斯·卡斯塔尼达[1]、乔纳斯·索尔克[2]以及菲德尔·卡斯特罗等等。

当然我并不认识其中的任何人，他们也没人认识我。所以，当我给这些人打电话要求会面时，得到的答复并不总是那么友好。即便他们同意为我挤出点时间，结果也并不总是那么让人开怀。

拿爱德华·特勒这个氢弹之父来说吧。你听说过他？他可从来没听说过我。我花了一年时间求他、哄他，再求他同意见我一面。后来怎么样？他嘲笑我，还侮辱我。但没关系。我本来希望从他身上学到点什么——我的确学到了，虽然我学到的只是这样一个事实：对我们的通俗文化没有品位的物理学家对我不感兴趣。

在过去的三十年里，我拍了五十多部电影和二十部电视剧。我是成功的，并且在我们的圈子里我还很出名。我是一个可能明天就会挂冠归里去打高尔夫球的人，在那儿最糟糕的事情可能就是我的“血红玛丽”酒被掺了水。那么，为什么我还是继续让自己对这类事情乐此不疲呢？

答案很简单：不安于现状，让自己去面对富有挑战的人和状况——这是我知道的保持成长的最好方式。借用我曾经遇到过的

---

① Carlos Castaneda (1925—1998)，美国作家，秘鲁人，以古老印第安巫术相关著作闻名。

② Jonas Salk (1914—1995)，美国生物学家、医学家，研制出脊髓灰质炎疫苗。

一位生物学家的话说：不成长，则死亡。

所以，我可能不是北部海岸最好的冲浪手，但那也不赖。我从中感受到的不舒适、不确定以及来自体力和心理的挑战——我们大多数人竭力避免的所有事情——恰好是保证我不出局的因素。

布赖恩·格雷泽（Brian Grazer），电影、电视制片人，曾获奥斯卡奖和艾美奖。他与好友罗恩·霍华德导演合作创建了“意马娱乐”，并合作推出许多卖座大片，如《达·芬奇密码》、《美丽心灵》、《阿波罗 13 号》和《美人鱼》等。二〇〇一年，美国制片人协会授予格雷泽“大卫·塞尔兹尼克终身成就奖”。

科学：思想与灵魂的营养品

布赖恩·格林

在我大约十一岁时，有一天我们班组织参观海顿天文馆，在走回位于曼哈顿的八十七号公立学校途中，我被一种前所未有的感觉包围。那是一种空荡荡的、发自肺腑的滋味——我的生命可能微不足道。我了解到，我们的世界是一个岩状星体，它只是银河系数千亿星球中的一个，而银河系又只是宇宙间无数星系中的一个。科学让我感到渺小。

自那以后，我对科学的看法以及它对社会和世界的作用的认识发生了巨大改变。

虽然我们很渺小，但是在科学世界几十年的经历使我相信：认识到自己的渺小值得我们欢呼雀跃。我们身处宇宙中一个孤独的角落，但是我们利用自己的智慧和决心到达外部和内部空间的极限。我们已经发现了物理的基本定律，了解了星星如何闪耀、光线如何传播、时间如何流逝、空间如何扩大，并且我们能够回顾宇宙开始之后极短瞬间的情况。

然而，这些科学成就从来不会解释我们为什么存在于世，也不会告诉我们生命的意义是什么。科学永远不会涉及这些问题。但是，正如我们了解棒球比赛的规则能够大大丰富我们的棒球体验一样，我们越了解宇宙的规律——物理定律——我们越能更深刻地欣赏生命。

我相信这一点，因为我亲眼目睹了它的发生。

当我给孩子们讲黑洞和宇宙大爆炸的故事时，我看到他们的眼睛闪耀着光芒。我见过年轻学生在完成哪怕是最简单的数学运算后重获信心。我同那些啃着描述惊人科学成就的著作，带着梦想重返校园的高中退学者说过话。我还收到过驻伊拉克的年轻士兵写来的信件，他们告诉我阅读有关重力和量子物理的通俗读物让他们看到希望，看到了将我们维系在一起的一种更强大、更普遍的东西。这是科学的力量，不仅只是解释现象，还能激励人心。

这也是我看到一些学生讨厌科学和数学后感到沮丧的原因。我知道完全可以不必那样。但是，当老师教科学时只会罗列需要记忆的事实，把数学变成一系列抽象的计算，而没有告诉学生它具有揭开宇宙之谜的力量时，它可能变得毫无意义，乏味无比。

更让人不安的是，我还遇到过一些学生，他们被告知自己没有能力掌握数学和科学。

我们丧失了这些机会。

我相信，我们欠年轻人一种“快乐科学”教育。

我相信，从混沌到理解的这一过程难能可贵，甚至富有情感，它可能成为自信的基础。我相信，科学是对真理的理性判断，与个人信仰无关，因此它能够超越宗教和政治分歧，将我们紧紧相连，使我们成为一个更强大、更有活力的整体。

我相信，发现的奥妙就像勃拉姆斯的《第三交响曲》一样振奋精神。

我相信，令人惊叹的科学思想滋养的不仅是头脑，而且还有灵魂。

布赖恩·格林（Brian Greene），土生土长的纽约人，在哥伦比亚大学教授物理和数学。他是弦理论的支持者，该理论试图将自然界的所有力量整合到一个框架之中。他著有《宇宙的结构》和《优雅的宇宙》。

摇摆者的赞歌

特德·格普

多年来，我一直不知道自己真正信仰什么。我似乎总是界乎对立观点的中央，希望被正方或者反方说服，但是又总在二者身上发现各自的优点。

我还记得三十五年前与《华盛顿邮报》的主编和六个哈佛学生同坐一桌的场景。我们几个学生都参加了《华盛顿邮报》招聘实习生的考试，并且都闯进了最后一轮，那个主编的任务就是进行进一步的筛选。他询问我们每个人对当时热点话题的看法——越南战争、尼克松总统、游行等等。哈佛的学生让人叹服，他们都有非常清楚的立场。而我呢，在每个话题上都结结巴巴，听上去语无伦次。我敢肯定我已经永远失去了在《华盛顿邮报》实习的机会。我试图弄明白：为什么我不能像身边的那些人一样把问题看得那么透彻呢？

午餐结束后，当大家起身准备离开时，主编拉了拉我的胳膊，示意我留下。我们又聊了一下越战，讨论它如何分裂我们的国家。一个月后，我收到一封他写来的拒绝信。他说对于这份工作而言我还太年轻，但是他喜欢我的态度，并且说他“预感我的前途大好”，还让我与他保持联系。我照做了。

七年后，他雇用了我。

现在，我把他写给我的第一封信框裱在办公室里，因为正是那封信给予我一张宝贵的许可证。它让我知道，感到迷茫、在观点之间摇摆、看世界时不因它一团迷雾而感到底气不足都无可厚非。我与自信人士在一起时，总是嫉妒他们的自信。我想象自己就像一艘小小的帆船，毫无目的地在海风中东摇西摆。

但是，慢慢地我也逐渐接受甚至爱上“我的迷惑”，把它当作一个朋友和同盟，并且一点也不觉得可耻。我更喜欢聆听而不是发言，更喜欢询问而不是讨伐。我不是个好战者，因此即便在分歧非常严重的两方之间，我也能受到欢迎。我逐渐意识到我有自己的方向和信仰，尽管有时候我难免举棋不定，但是我的信仰仍在继续。我不指望有人改变阵营，因为我不知道自己会带领他们走向何方。

《华盛顿邮报》的一位编辑和老师曾经说我是个“墙头草”。我问还有谁是我的同类，当我看到一份离奇的名单时，心中大慰。他们都是好人——开朗、好奇，对，还有困惑。我们拥有同样的信念，我们关于信仰的文章全以问号收尾。我可不希望整个编辑部、整座医院、军队，甚至整个国家——上帝保佑——都充满我们这样的人。但是，在危机时刻，当每个人都激情高涨、确信不疑时，有一些我们这样的人存在还是不错的。我相信，在这样的时候，正是我们这些“墙头草”在坚守那块越来越小的共同阵地。

特德·格普（Ted Gup）曾经为《时代周刊》、《国家地理》、《纽约时报》等杂志撰稿，著有《荣誉志：中情局的隐秘生命和保密死亡》，现在凯斯西储大学教授新闻学。

在场的力量

戴比・霍尔

我相信在场的力量。

最近，当我与其他几位红十字志愿者接待从卡特里娜飓风疏散的一群人时，我再次想起了这一信仰。当时，我们作为心理健康专业人士去为他们提供“心理急救”。尽管我们曾经接受过如何进行心理干预的训练，学过有关压力反应的知识和如何筛选需要治疗的人，但是我仍然再次感受到在场的疗伤力量，并且为之震撼。一踏进收容所的大门，我们遇到的第一个人就热情地表达了他对我们的感激之情。我觉得很感动，但是又隐约有些愧疚，因为我连什么实际的工作都还没做呢。

“在场”是一个名词，不是动词，它指的是一种存在的状态，而不是动作。我们的文化太强调行动，因而存在的状态并不受宠。但是，真实的在场或者陪伴另一个人具有一种安静的力量——它见证着时间的流逝，帮助担负一种情感，或者开始疗伤的过程。在场意味着与他人建立一种亲密的联系，在一个越来越追求快速“联通”的社会里，可能很少有人能够感受到这种亲密。

许多年前，我第一次遭遇一种左右为难的选择。当时，一位朋友的母亲突然去世，我接到她去世前所住医院打来的电话。两个我开始斗争：一个我想立刻冲到那里，另一个我却又不想卷入到这种非常私人的强烈的悲痛之中。我该怎么做？我举棋不定。这时，与我在一起的另一个朋友说：“去吧，在那儿就行。”我照办，这一决定从来没有让我后悔过。

自那时起，我不再犹豫不决，而是立刻到场，去陪伴那些我无法为之“做”任何事情的人。我曾经与其他朋友一起坐在一位年轻人的床边，他想减轻艾滋病带来的死亡之痛，因此注射了吗啡，当时正处于昏迷状态。我们跟他谈起今生难以避免的人生之旅。后来他清醒过来，虽然时间非常短暂，但他告诉父母说，他感受到了我们的存在。

还有一次，我去一家临终关怀医院探访即将因癌症去世的一位老同事。她也处于昏迷状态，可能无法意识到他人的存在。但是，那里的气氛一点也不悲痛，她的家人已经接受了她要离世的事实，弹着吉他、唱着歌，让她与他们共度时光，就好像她还完全健康一样。与接受治疗的病人在一起时，我还是想多做一点事情，而不只是纯粹在场，但是，完全在场、静静地理解另一个人所带来的救治力量一次又一次地打动着我。我相信在场的力量它不仅仅是我们施与他人的东西。它一直改变着我，让我朝着更美好的方向前进。

戴比·霍尔（Debbie Hall）曾在圣地亚哥海军医疗中心做了十二年的儿科心理医生，还志愿参加了当地红十字会的灾后心理健康小组。霍尔从未离开过加州，现居埃斯康迪多市，养有五只猫和一头十五岁的金毛猎犬。

成年芭比

简·哈米尔

我以女权主义者自居，所以承认这一点时我觉得自己像个傻子，但是没错：我相信芭比。

对于儿时的我而言，芭比就是酷酷的衣服、酷酷的工作、酷酷的朋友和酷酷的一切：飞机、公寓大楼和野营车。我学习缝纫，目的就是可以为芭比和她的朋友们缝衣服，他们一会儿是飞行员，一会儿又变成医生或者服装设计师。芭比与肯永远不一样，他总是待在一个角落，略显黯淡。我的芭比不参加选美比赛，不结婚，也不生孩子，她去巴黎和纽约参加各种时尚晚宴和聚会。

多年以后，我成为服装设计师。我住在巴黎和纽约，经常参加各种时装秀和令人眼花缭乱的晚宴。这一切都与服装有关，我开始想：我只是一个成年芭比吗？我是一个坚强、智慧的女性，我的偶像应该是乔治娅·奥吉弗[①]、格洛丽亚·斯泰纳姆[②]或者马德琳·奥尔布赖特[③]。我会不会变得像芭比一样徒有其表?

过上芭比式的生活后,我不再那么肯定我已经心想事成。我丈夫是一个检察官,他能在一天里永远改变一个人的一生。我下班回家,对他说:“今天我卖了一条非常漂亮的绿裙子,你真该见见那双鞋!”

如今,我是一个“反时尚设计师”的时尚设计师。我不再迷恋购物,如果有人说时尚是个愚蠢的玩意儿,我第一个赞成。它不过是衣服罢了。但是,如果它的袖子裁剪合适,那就不一样了。它帮助你展现自我。许多人都不满意自己的身材,我希望能够帮助人们更喜欢他们自身。

衣服是私人的,是你身份的一部分。几周前,我接到一个顾客的电话,她告诉我,早上穿上我设计的衣服后,感到前所未有的自信。它们可能只是衣服,但是它们帮助她实现自我,并且拥有自信。

我喜爱的金发碧眼的度假芭比长得一点都不像红头发、满脸雀斑的我,但是那并没有妨碍我认为自己就像芭比一样——酷、独立、聪慧。直到成年以后我才意识到我对芭比的迷恋其实是对自己想象力的信念,我相信自己的未来,相信自己的能力。我认

① Georgia O'Keeffe(1887—1986),美国二十世纪初杰出女画家。
② Gloria Steinem(1934—),美国记者、女权主义者。
③ Madeleine Albright(1937—),美国第六十四任国务卿。

为，我们应该首先想象一种生活，然后付诸努力，让它变成现实。

简·哈米尔（Jane Hamill），芝加哥人，从小就为家人设计和缝制衣服。她在纽约和巴黎学习服装设计，二十五岁时开设自己的服装店。哈米尔是芝加哥哥伦比亚学院顾问委员会和服装产业委员会的委员。

愉快的谈话

五十年代广播系列之一

奥斯卡·哈默斯坦

下面我要说的话有些不同寻常——我是一个相信自己很快乐的人。这话的不寻常之处在于：一个真正快乐的人很少告诉别人他很快乐。不开心的人更喜欢诉说，喜欢数落世界的过错，并且似乎总有能力找到一大帮听众。绝望的发言人如此之众，而希望的代言人却少而又少，这真是一出现代悲剧。

因此，我相信一个人应该宣告自己的快乐，尽管这种宣告不及悲观诉说那么富有戏剧性和娱乐性。为什么我相信自己是快乐的呢？死亡已经夺走了许多我所爱的人；许多最热忱的努力换来的不过是令人沮丧的失败；人们令我失望，我也让他们失望。我还让自己失望。

不仅如此，我还发现自己生活在肆虐全球的歇斯底里的阴云之下。这抹乌云可能即将大爆发，原子弹雨可能让千万人命丧黄泉，我也在劫难逃。所有这些证据难道不足以雄辩地证明我一点都不快乐吗？可以，但是，那也可能是一幅错误的图景，正如只画出一棵树在冬天的样子一样。我可能会漏掉许多健在人间、我所热爱的人们；我可能忘了自己的许多成功源自我的失败，可能忘了身体健康带来的幸福以及在太阳下散步的乐趣，还可能忘了说自己相信人类的善良终将战胜导致战争的邪恶。

所有这一切都是我生活的一部分，正如生活中也少不了阴暗和忧虑一样。善与恶总是错综复杂地纠结在一起。你无法把美德和美丽分开，无法将成功与笑声隔离，也无法将它们彻底与邪恶、丑陋、失败和哭泣划清界限。如果一个人追求这样孤立的快乐，他注定要失望，并且最终深陷孤独和悲伤。

我认为，一个人只有接受不完美才能快乐地生活在这个世界上。他必须知道并承认自己的不完美，他的所有同胞也非完美之人，还要承认如果让这些不完美毁掉他对生命的所有欲望和希望是愚蠢之事。早在人类诞生之前，自然就已经存在，它也远非完美。夏天并不总在六月二十一日这天准时到来；甲虫等各种昆虫也总是跟它作对，把它用以装点乡村的树叶和花蕾咬得残缺不堪；当大地干涸太久时，它会送上一阵及时雨，但时常却又大雨滂沱，积涝成灾。然而，这么多年来，尽管充满不完美，大自然却一直与我们相伴。尽管它犯下许多错误，奇迹仍层出不穷。一个人如果总是追求做得更好，不愿意继续自己不完美的方式，那不免有些愚蠢。人应该犯自己的错，人生的风暴虽然让人迷失方向，但它同样让人激动，并且不乏美丽。人就是在这样的风暴中前行，直到他寿终正寝。

奥斯卡·哈默斯坦（Oscar Hammerstein Ⅱ）创作了许多音乐短剧和音乐喜剧，他与作曲家杰罗姆·科恩合作创作音乐喜剧《演艺船》。后来，与作曲家理查德·罗杰斯合作，创作了许多精彩绝伦的音乐剧，其中包括《俄克拉何马!》、《南太平洋》、《国王与我》、《音乐之声》等。

世代之间，情义相连

维克多·汉森

我相信，我们并不孤单。

即使距离自己的农场十万八千里，我依然会梦到窗外古老的葡萄藤以及曾祖父在一八七〇年用桉树建造的小屋。只要还能想象出这些画面，我就永远没有真正离开家。

我认为六代人在同一个地方经营一个农场、每年重复同样的事情并不是束缚手脚的沉重枷锁，相反，这是与先辈之间的一种罕见联系。他们曾经与我修剪同样的葡萄藤、粉刷同样的马厩。如果曾经住在这座房子里的人能从一八九三年的经济恐慌中幸存下来，能度过大萧条的艰难岁月，能用冷水洗澡、使用户外厕所，那么我知道自己也一定能经受住昂贵油价的考验。

我认为，在我们这个充满买卖、相聚与分离的千变万化的世界里，所有人都需要一种根基。一些人在宗教中找到忠诚，另一些人靠朋友或社会带来永恒。尽管如此，我们需要一些日常路标来告诉我们：与我们的前辈相比，我们没有标新立异，不比他们差多少，也不比他们强很多。

对我而言，这座房子、农场以及这些古老的葡萄藤就是我的根。尽管我独自来到这世间，终将独自离去，但是，我并不孤单。

许多对话仍然在这儿的走廊里回荡着。我依然记得我们买新犁的事（现在它锈迹斑斑地躺在院子里），曾被那犁毁坏殆尽的葡萄藤现在果实累累。

我相信，我们所有人的世世代代之间存在一种天然联系。就像以前的农民一样，我需要知道现在几点、接下去是什么季节、是吹北风还是东风，知道明晚月亮是否依然亮如圆盘。

我们周围的物理世界瞬息万变，但是人性本质却坚如磐石。在短短的人生旅程中，我们难免不时遭遇心碎和失望，但我们要努力从中寻找某种超验意义，认识到我们的祖先也经历过这一切，这足以给我们带来些许宽慰。

你可能觉得把过去当作现在这套理论太强人所难，我却为之欢欣鼓舞。我相信每一个新问题都有一个旧答案，我相信智者先辈的低语一直伴随在我们身边，它告诉我们：如果去倾听、去铭记，我们就不会孤单。这一切，我们的祖先都经历过。

维克多·汉森（Victor Hanson），古典学和军事史学者，加州州立大学弗雷斯诺校区荣休教授，胡佛研究所资深研究员。他的家庭农场种植了四十英亩专门用于制作葡萄干的无籽葡萄。汉森希望儿子威廉将来能够继承他的事业，把农场继续经营下去。

与太阳对话

乔伊·哈秋

我相信太阳。面对人类的贪婪、恐惧、健忘带来的各种失败，太阳让我觉得明晰。当探险家们初次遇到我的同胞时，他们称我们为“异教徒”、“太阳崇拜者”。他们不明白太阳就像一个亲人，照亮我们在地球上的道路。

我们中许多人仍在延续让自身同太阳紧密联系的仪式。我们会围成一圈，整夜跳舞，然后会认识到，我们是同舞的繁星与星球的一部分。当太阳在仪式的高潮部分冉冉升起时，我们获得新生。尽管马路那头就有一家沃尔玛超市，但是这种联系千真万确。人类非常脆弱，我们的生存仰仗于地球和太阳的仁慈，我们在一个神圣的意义场中共生。

几周前，我参加了一个节日庆典，并到印第安人村庄拜访了一些朋友。人们在黎明时分起身，完成奔跑仪式，以保证太阳能够回来。我们以自己的谦卑表达敬意，这是一种必要的举动。由于庆典在继续，太阳、地球和这些人们依然共处在一个和谐的关系之中。

地球在改变，我们全都能明白这一点。住在因纽特和尤皮克的亲戚告诉我：一切都已改变——天气太炎热，冬天不够长，动物很迷茫，冰川在融化。

量子论者是对的，他们已经开始像印第安人一样思考，一切事物都紧密地动态连接着。当你记住这一点时，眼下地球的颤抖就不足为怪。如果没有替代能源，没有互相帮助，地下还有多少石油能被采掘？

不久前的一天，黎明时分，我从时代广场旁边的一家酒店走出来，开始寻找太阳。这是我第四个孙女出生后第四天的清晨。这天早上，我将让她作为我们的一分子、一个亲人去拜见太阳。走过时代广场时，天还未放亮，我静静地站在象征着二十一世纪跨国公司的图腾柱下，霓虹闪烁。

太阳从城市上空升起，但是，由于下雨，我看不见它。尽管我不在家，没有用襁褓包着婴儿带她走到室外，但是我把这个新生的女孩放在一个用心做的摇篮里。我举起她，把她献给太阳，让太阳也认识她这个亲人。我希望她不会忘记这种联系和承诺，让生命的神圣牢牢印刻在我们心间。

乔伊·哈秋（Joy Harjo）创作了八本诗集，制作了三张诗配乐唱片。她出生于俄克拉何马的塔尔萨，是马斯科吉-克里克印第安人的一员。哈秋在新墨西哥大学教授创意写作，除了教书、旅行和外出表演外，她平时都住在火奴鲁鲁。

小教堂的晨祷

五十年代广播系列之一

海伦·海斯

多年前的一天，我经历了一场恶狗大战。当时我正推着一辆婴儿车，我的西班牙长耳猎犬一路小跑地紧随我左右。突然，一只阿富汗猎犬、一只圣伯纳狗和达马尔提亚斑点狗穷凶极恶地扑了过来，开始撕咬我的狗。我尖叫着求助，一辆车停下来，车内的两个男人看了两眼后若无其事地走开。

我简直出离愤怒，决定挺身而上，自己亲自终止这场恶战。以往的表演训练第一次让我尽显威风：我的咆哮无比威严，动作孔武有力。我就像一个驯狮者一样很快掌控了局面。最终，三只狗落荒而逃。

现在看来，我觉得自己当时的行动与其说是出于愤怒，不如说是意识到我必须依靠自己，认识到那个时刻，除了自己之外没人会伸出援手。

生活似乎就是一系列必须面对的危机。但是，在鼓足气力去面对它们的时候，我一度欺骗自己，夸大了自己的重要性。我觉得自己非常独立，只会隐隐约约地意识到他人的存在。我努力工作，并且获得“成功”。在戏剧圈，从小我就受到服务传统的耳濡目染。我明白，既然观众付了钱，你就必须拿出最好的表演——不管是台上还是台下。所以，我为委员会服务，发表演讲，支持公益事业。但是，不知道为什么我似乎无法掌握其中的意义。

当女儿死于小儿麻痹症时，每个人都向我伸出援手，但是刚开始时我的心拒绝任何事情，甚至是朋友的爱。似乎所有的支持都显得无比苍白。

玛丽生病期间，我常常在大清早去医院附近的一座小教堂祈祷。许多做工的人也在那里静静地祈祷。我曾经不怎么关心自己的宗教信仰问题，甚至把上帝阻挡在自己的生活之外，所以在那时，我没有勇气祈求他让我的女儿恢复健康，我只求他帮助我明白一些事情，允许我去靠近他。我每天都去那里祈祷，一直企盼得到上帝给我的启示。但是，什么也没有发生。

很久以后，我发现他其实已经给了我启示，就在那个教堂里。我还能清晰地回忆起在那里见到过的人——满脸倦容、神色凝重的工人，双手粗糙的老妇人等。他们疲于奔命，但是，一种高贵的体验振奋了他们的精神。在祈祷时，他们疲惫的面庞似乎顿时明亮起来，成为上帝的子民。这就是我得到的启示。突然之间，我意识到自己就是他们中的一员。我发现他们也在寻找帮助，这一认识赋予我力量，让我感到自己与他们彼此相依。一种对人的怜悯之情突然在我心间涌动，那时，我明白了“爱你的邻人”的意义。

如此简单而又古老的真理照亮了那座小教堂里的男男女女的面庞，我也开始顿悟。当我像往常一样阅读《圣经》时，我把耶稣、大卫和圣保罗当作值得信赖的朋友，把他们的教诲当作富有裨益的人生箴言。他们知道，生活的道路艰险崎岖，常常伴有沉重的打击，他们向我指明如何最明智地迎接这些打击。我必须自助，没错，但是我并非一个能够与世隔绝、完全自足的个体。这就是我以前没有领悟到的生命的意义：我是上帝子民中的一分子。

海伦·海斯（Helen Hayes）被誉为美国戏剧界的“第一夫人”，她是百老汇巨星，也是电影和电视明星。在六十年的舞台生涯中，海斯三度荣获托尼奖。她的诸多电影作品中，《马德伦·克劳德的罪孽》（一九三一）和《机场》（一九七〇）让她荣膺奥斯卡奖。

人本高贵

五十年代广播系列之一

罗伯特·A·海因莱因

我不会谈论宗教信仰，下面我要谈的是已经明显过时、人们甚至都不愿提及的事情：我相信我的邻居。我知道他们的缺点，也知道他们的美德远远多于缺点。

拿马路那头的迈克尔神父来说吧。我并不是他的信徒，但是我知道他的善良和仁慈让他的日常行为熠熠生辉。我相信迈克尔神父。如果我有了麻烦，我会去找他。我的隔壁邻居是一个兽医，他在忙碌了一天后依然会从床上爬起来去帮助一只迷路的小猫——没人给报酬，根本就没有办法收费。我相信医生。

我相信同乡。你可以敲开我们小镇上的任何一家门，说："我饿了。"之后，你一定会受到款待。我们的小镇并不是世界上唯一这么做的，我在许多地方都发现了同样的热情和善良。有人会说：

"滚蛋，我还有事!"但更多的人会说："没问题，伙计，来坐会儿。"我知道尽管大家都在警告要提防搭顺风车的人，但是我还是可以走上高速公路，竖起拇指等待有司机停下来。过不了几分钟，一辆小汽车或卡车就会停下来，有人会说："上来吧，伙计。你要去哪儿?"

我相信同胞。我们的头版头条充斥着犯罪新闻，但是，每桩犯罪都对应着一万个诚实、体面、善良的人。若非如此，没有一个孩子会长大成人。好人好事不是新闻，正如不可能每天都生意不断一样，它被淹没在讣告中，然而它的力量远远胜过犯罪。

我相信护士的耐心和勇敢，相信老师的诲人不倦。我相信人们一直在与绝望作斗争，有时候我们看不见而已，在我们的土地上，几乎每个家庭都在静静地进行这种抗争。我相信工人的诚实劳动。看看你的周围，没有那么多老板时刻检查所有的工作，从独立厅到大古力水坝，建筑工人们都修得一丝不苟，因为诚实这一品质已经深入他们的骨髓。

我相信绝大多数政客都是诚实的。不错，有些市议员接受贿赂，但是还有许多政治家恪尽职守，让我们的体制正常运转。其中有的人收入很低甚至没有收入，也得不到感激与荣耀。如果事实不是这样，我们可能永远也突破不了十三个殖民地的历史。

我相信电影导演罗杰·杨。今天，你我的自由是无名英雄造就的，从西到东，到处都有他们的足迹。我相信美国，我以自己是它的一分子而骄傲。尽管它不乏私刑、奸诈等弱点，但是，我们的民族拥有世界上有史以来最得体、最仁慈的内部机制和外交政策。

最后，我信仰整个人类，不管是黄皮肤、白皮肤、黑皮肤、红皮肤还是褐皮肤；我相信在这个地球上，我的大多数兄弟姐妹拥有诚实、勇敢、智慧、坚韧与善良。我是人，我骄傲。我相信，正是我们牙齿的颜色让人类发展到今天——我们总是能够成功，就是因为我们都拥有洁白的牙齿——并且，我们还一直会成功，一直发展下去，永不停歇。

我相信，这个能感知疼痛、长着大脑袋、可以两个拇指相对、没有毛发的胚胎——这个刚由猿人进化而来的动物——终会生存下去，并且比地球活得更久。他会到其他星球上开天辟地，他的诚实、永不满足的好奇心、无尽的勇气和高贵必将与之随行。对此，我深信不疑。

罗伯特·A·海因莱因（Robert A. Heinlein），科幻小说作家，在五十年的写作生涯中，曾四度获得雨果奖。他出生在密苏里州并在那里长大，一九二九年毕业于美国海军学院，曾经在二战期间为美国海军执行航空工程任务。海因莱因的作品包括《星船伞兵》和《异乡异客》等。

自由新生

马克西米利安·霍德

不管你使用什么语言，用几百字来清楚且诚恳地写明一个人的信仰是个艰巨的任务。对一个历经许多个人悲剧的受害者而言更是如此。

从青春期开始，当我开始理解日常生活的复杂性时，我认为人类在地球上肩负着具体的使命，他是伟大的未知世界的化身。我寻找完美、关爱和理解。我相信人类。

后来，我这个年轻、积极进取的作家兼导演的自由快乐生活在战前波兰发生了逆转，我被扔进充满仇恨、暴政、谋杀和毁灭的纳粹世界及后来的世界。人类不再是我所相信的肩负使命的群体，我将按照某个五年计划成为肥皂工厂的新鲜原料，或者生物实验室里的小豚鼠。我失去了国家和家人，我对人类的信仰被无情粉碎。我变得尖酸刻薄、愤世嫉俗。

后来，我人生的第三阶段在这儿——美国——开始了，也许对我而言这也是最重要的阶段。从拉瓜迪亚机场的移民官握着我的手、祝我好运的那一刻起，我重新开始看到生活阳光的一面。我结交了真正的朋友，当我最需要帮助的时候，他们确实证明了我们的友谊之真。美国人为洪灾受害者提供食品和衣服，一群美国士兵收养孤儿并送他上学，邻居为火灾灾民重建家园，社区福利基金，癌症基金会，救世军，戒酒者协会以及成千上万这样的行为和协会，不管是集体还是个体行为，所有行为都是出于自愿。这一切在我心中留下不可磨灭的印记，它让我振作起来，让我重新开始信赖人类。

现在，我不仅记得人们被持枪者驱逐出宗教场所的日子，而且也记得那些愿意用自己最珍贵的财产换食物、但珍藏着圣物的可怜的俄罗斯人。我不仅想起那些被杀害的人，而且也想起善良的俄罗斯农民。他们遇到押解我们去西伯利亚的护送队时，虽然有人命令他们不得靠近我们，但他们还是努力让我们分享也许是最后一块腌牛肉和面包。我还想起了那些渴望枪支的不幸的人们，多年来他们遭受劳改集中营里残酷的剥削，但是他们心中依然保留着足够的人性，仍会偶尔歌唱，甚至开个玩笑。

现在，我又开始相信善大于恶，相信创造者或者渴望创造的人远远多于破坏者，相信更多的人心存爱意而不是仇恨。我坚信，个体拥有不可剥夺的权利去过他想要的生活，有权工作或休息、微笑或哭泣、成功或失败、祈祷或玩乐。

伟大的波兰诗人亚当·密茨凯维奇曾经说："只有与他人分享，生命之琼浆才甘甜。"所以我相信：不管以什么方式，努力为当前遭受压迫的人带去希望是我的职责。正像一个伟大的美国人曾经说的："在上帝荫蔽之下，他们也能获得自由新生。"

马克西米利安·霍德（Maximilian Hodder），导演，活跃于东欧电影界。二战期间他为波兰军队服役，后来被苏联军队俘虏，但设法逃脱，并加入英国皇家空军。一九四九年，霍德赴美国好莱坞发展。

心神不宁也无妨

凯·雷德菲尔德·贾米森

我相信：好奇、善疑和激情是想象力丰富者和伟大导师的决定性品质。我觉得不安和不满足非常重要，与平淡的情感相比较，激烈的经历和痛苦能更好地教育我们。总而言之，我相信，我们处于理智与情感的双重凝视之下，正因为世上存在激情和好问之人，这个世界才变得不同。当然，我们也应该重视智慧和纪律，但是我们也要承认非理性、热情和巨大能量的力量。激烈的情感当然也要付出代价，它可能带来痛苦，容易让人匆忙之间做出鲁莽冲动之举，但是，它也不无益处。

像其他美国人一样，我很热情，并且情绪也容易反复无常。十八岁之后，我得了一种躁郁症，也叫双向障碍症，患者常会突然感到强烈的恐惧与混乱。它相当严重，也不易治疗。但是，它让我逐渐认识到生活需要一定程度的不安和不满足，并且紧张和痛苦可能决定一个人的人生轨迹和动力。

我常常期盼和平与安宁，羡慕别人的生活，也嫉妒别人的镇定。但是，我不确定这种安宁是不是我真正想要的，毕竟一个人只对自己的脾气和生活方式最了解。我们最好都承认这一点，接受这一现实，并欣赏自然赋予人类的形形色色的性格。

我的激烈性格让我不仅教授书本上的知识，而且还能以自己的经历为基础进行言传身教。所以，我努力让年轻的博士和硕士生明白：如果骚动能与纪律和冷静相结合，结果也不那么糟糕。我告诉他们，除非他想过一种极其枯燥的生活，否则人应该善待自己黑暗的一面，认识自己的负面能量。最重要的是，人应该从骚动和痛苦中学习，与别人分享快乐，尽情挥洒自己的激情，让世界更美好。

知识很好，智慧更妙。

凯·雷德菲尔德·贾米森（Kay Redfield Jamison），约翰·霍普金斯医学院精神病学教授。她最近发表了专著《生机：生命的激情》。二〇〇一年，贾米森荣获麦克阿瑟奖金。

没有上帝

佩恩·吉利特

我认为上帝并不存在，但我已经超越了无神论。无神论意味着不相信上帝，不相信上帝很简单——你无法证明不存在的东西，所以无话可说。你无法证明我的车里没有大象。你敢保证？现在试试怎么样？也许它刚只是藏起来了呢，再试一次。我说过我对“大象”的定义包含神秘、秩序、善良、关爱和一只备用轮胎吗？

所以，只要一个人热爱自身以外的真理，她必须从不相信上帝开始，然后寻找上帝存在的证据。她需要寻觅一些超自然力量的客观证据。那些收到我的电子邮件的人通常还卡在这个寻觅阶段。相较而言，相信无神论就简单些了。

但是，这个“我相信”的文章似乎期待一些更私人的东西、一种能够帮助看清人生的宏观图景的信仰或者一些需要遵守的规矩。那么，我要说的是：“我相信——没有上帝。”

这个信念可以运用到我生活的每个时刻。我不贪婪，拥有爱、蓝天、彩虹和贺曼贺卡，这些足矣。的确已足够，同时，这些就是世界上的一切，并且世界上的一切能够满足我。如果我去祈求一个看不见的力量赐予我更多，这似乎有些鲁莽。父母给我的爱以及自己的家庭的爱就已经足够，我不再需要天堂。我已经将基因博彩的大奖握在手中，而且，每天我都很快乐。

不相信上帝意味着我只能从善良而不记仇的人那儿获得宽恕。这样很好，因为这让我想变得更善解人意，我必须努力妥善对待所有初次见面的人。

不相信上帝让我不再唯我独尊，我可以理解不同文化中各种人的观点。没有上帝，我们可以尊重事实，并且我还能够继续了解自己错在何处。我们可以一直不断调整，所以我们能够进行真正的沟通。我不喜欢与嘴里说着“我有信仰，我衷心相信它，你的任何言行都无法动摇我的信仰”的人交往，那只是用一种啰嗦的宗教方式说“闭嘴”或者通信委员会不喜欢的另外两个词。但是，所有无礼的话语都没有这句更具侮辱性：“我成长的方式以及我虚构的朋友比你说或做的任何事情都更有意义。”所以，我相信没有上帝。可以让别人去证明我是错的，这总是很有趣，这意味着我在学习。

不相信上帝意味着给我的家人以及世界带来所有痛苦的不是一种全知全能、无所不在，却懒得助人或者只想考验我们的力量，而是将来我们可能用以帮助他人的某种力量。没有上帝意味着将来少受苦。

我不相信上帝，因此我更相信家庭、人、爱、真理、美、性、果子冻以及我能证明的一切，这种信念使今生最美好。

佩恩·吉利特（Penn Jillette）是魔幻喜剧《佩恩和特勒》中那个高嗓门的大个子。他在卡托研究所任研究员，曾经在牛津和麻省理工授课。佩恩与他人合著过三部畅销书，还是纪录电影《贵族》的执行制片人。

救死扶伤的义务

皮乌斯·卡马乌

我在非洲殖民地长大，曾经一贫如洗。因此，对于我而言，美国就是熠熠生辉的希望之地。马丁·路德·金的非暴力政治斗争使自由和平等的目标听上去能够得以实现。美国梦把我的大脑填得满满的，我告诉自己：总有一天我会行走在美国的大街上。

但是，我一踏进美国医院的大门，现实及种族主义很快就让那些理想蒙上阴影。我的肤色和口音让我格格不入。但是，在医院里我既不是黑人，也不是白人，我是一名医生。我相信应该对每个病人一视同仁，全心全意地照顾和关心他们。

一九九九年，当一个十九岁的病人被送到医院时，正好我值班。他出了车祸，开始咳血。他是一个白人至上主义者，是美国纳粹分子，胸前还文有纳粹的标志。

护士告诉我他不愿意让我碰他。当我走近时，他朝我吐唾沫。

在那一刻，我也不想碰他身体的任何一部分，但是，当时没有别的医生能接管他。我意识到自己必须尽力帮助他。

我跟他说话，但是他不愿意看我，也不愿意承认我的存在。他只愿通过白人护士传话。只有他们可以检查他身体是否受伤，只有他们可以碰他带有文身的胸部。

后来，他的伤势并不严重。我们告别，形同陌路。

我今天还在想：当时我还能做些什么来使我们的接触有所不同或者更好？我是不是本来可以用不同的方式去对待他？我是否已经尽了全力去赢得他的信任？

我只能猜测他对我的看法或者他持有的信仰。我认为他的种族主义并不是针对我个人的，我也希望那与美国没有关系，与马丁·路德·金以及其他伟人的信仰没关系。我在非洲时已经听过他们的激昂之辞，正是他们让我相信这个民族有关平等和自由的理想。

我的双手——一双黑色的手——挽救过许多生命。我相信我有救死扶伤的义务。我相信所有的病人、所有人都是平等的，我必须努力治疗每个人，即使有人宁死也不把我视作平等之人，我也要尽职尽责。

皮乌斯·卡马乌（Pius Kamau）先后在家乡肯尼亚、西班牙和英国学医，一九七一年到达美国。卡马乌是外科医生，特长为胸科。此外，他还为《丹佛邮报》撰写有关非洲问题的专栏。现在他正着手组织一个医疗团与他一起赴苏丹工作。

优雅如树

露丝·坎普斯

我坐在家里的小露台上织着毛衣，偶尔放松一下两条老腿，欣赏着我的灵魂姐妹——一棵与我同龄的老松树。它非常高大，大约有四十英尺高，年龄嘛，至少与我相仿。它有些倾斜，我的腰板也不再挺直。许多小鸟在它的怀抱中栖息，我看着它们，满怀愉悦，它们在树上嬉闹、筑巢，相亲相爱。圣诞节的时候，还有一对对的红雀落上枝头，带来一些亮色。

它仍旧绿意盎然，许多褐色的老树枝被绿叶掩映，就像我的斑斑白发中隐约现出黑色发丝一样。我俩都尽情享受阳光和新鲜空气，努力在我们的世界里轻松地生活。在不久的将来，它会倒下，化作肥料养育泥土，我也一样。这个想法让我觉得很宽慰。我们都有子女和儿孙，我们的生命将会延续。大树和我身上都有一丝神性，是的，这与我的信仰很接近。

四十年前，我和丈夫约翰从一个信奉传统教会的郊区搬到乡下。我们的房子位于威斯康星州的科特默林冰碛区，那个地方有一个陡坡，坡下流淌着一条小溪，落日将它映得闪闪发光。搬家后，父母来看望我们时，父亲说：你是一个城里姑娘，你在这儿不会开心的。我们刚开始的生活验证了他的话，我太忙、太穷，还非常孤独。

母亲去世时，我刚好怀孕，正是需要她的时候。我跑到教堂，想在那儿安安静静地哭一会。教堂的门锁着，神父就站在外面，他认识我，但是他没有打开教堂的门。我不知道原因，但是，这件事彻底终结了我的传统信仰。一年里，九个亲人相继离世，我慢慢学会了坐看红色落日，感到一时的平静、宽慰和感激。我开始喜欢栽树，而不是诅咒每根杂草。砍掉树林里多余的鼠李树变成一种精神体验，我开始在小树林度过周日上午的时光。我正在失去那些长久以来的信仰呢，还是只不过在改变它们？

我在旅行中找到了答案。一次，我乘坐游轮在长江荡波，一位与我一起凭栏远眺的游客问我是否信仰宗教。我的答案是：我不信教，但我有自己的精神信仰。他要我解释一下，于是我谈起了姐妹树。罗马的一位出租车司机说过，一个人只有在一个地方住得够久才能欣赏到它的美丽。四十年够长吗？我常去喧嚣的芝加哥看望子女和孙子们，这总是让我充满活力，现在还依然如此，但是我怀念我的树林。

大多数时候，我已经不再相信天堂和地狱这样的传统信仰，因为我发现它们被好人滥用。树木和住在森林里的动物带有一种共通的神性。一只小小的画眉鸟因为一只庞大的红肚子啄木鸟啄得太靠近自己的鸟巢而展开了反攻，我向它致敬。我的信仰终于成形。

有些人想让我觉得自己的生命比树更重要，但是我不相信他们。他们认为存在着一个能让我永生的特殊的地方，但是我不相信他们。我相信我的树，相信所有其他生物以自己特别的生活方式相信和感知的一切。我想继续尽我所能做个好人，就像我的树一样优雅地亭亭玉立。

露丝·坎普斯（Ruth Kamps）是威斯康星农村的一位退休小学教师，一九六七年与丈夫一起搬到婆家居住。坎普斯喜欢坐在露台上或者透过厨房窗户欣赏松树，还特别喜欢织毛衣和阅读。

更光明的一天

五十年代广播系列之一

海伦·凯勒

我选择的信仰主题不是教条或信条，而是融入生命之中的体验。在我看来，信仰是指一个人珍视的善良以及促使人克服艰难险阻去实现的热情。信仰是一种动态的力量，它打破日常生活的平凡琐碎，带来一种全新的转折。信仰振作意志，丰富情感，并且唤醒一种创造感。积极的信仰没有恐惧，让我远离愤世嫉俗，摆脱绝望。

信仰毕竟不是一件事，也远非两三件事，它是激励着我的所有信仰的综合体。我认为上帝代表着无尽的善良和无所不知的智慧，他的永恒之臂支撑着我，让我在生命的海洋中畅游。我相信自己的同胞，为他们的善良本质感到欣喜；我相信在今夜的悲伤和沮丧过后，他们会重新站起来，以坚强和美丽迎接光明的早晨。

我尊重地球的美丽和珍贵，敬重那种尽己之力使之变成所有人都能健康、富足的栖息地的责任感。我相信永恒，因为它减轻了我失去爱人的痛楚，使我摆脱矫揉造作，让我在快乐的活动中展示更多的能力。

即使我的生命之光即将熄灭，我也相信自己应该在命运面前展示勇敢和尊严，努力成为真、善、美的良友佳伴。有志者，事竟成。命运会向胸怀志向的人屈服，面对那些尽管幻灭但仍然坚强生活的人，所有缺憾也会望而却步。

当我得知尚有无数同胞必须整日劳作以获得食物和住所，肩负着万斤重担并且尚未享受过生命的乐趣就离开人世时，我的信仰备受打击。我的安全感彻底消失，并且再也不像年轻时一样热切地相信地球对大多数人而言是一个温暖的快乐之家。但是，信仰是一种心理状态。信仰者不会那么快就气馁。即使被赶出家门，他也会再造一座风雨难摧的房子。

一想到痛苦和饥荒，想到屠杀还在继续，我的心就开始流血。但是我转念又想，人类就像我这个曾经失明的聋哑孩子一样，即将摆脱愚昧和仇恨的黑暗，迎接希望之光。

海伦·凯勒（Helen Keller），婴儿时期的一场高烧使她双耳失聪、双眼失明，但是在老师安妮·苏利文的指导下，她学会用他人的眼睛和耳朵进行沟通。从拉德克利夫学院毕业后，凯勒成为知名作家、活动家和演讲家。

自由之光

高洪柱

我相信自由能够传染。

我的父母出生于韩国，五十多年前，为了教育和自由，他们来到美国。他们在日本殖民统治之下长大，不能说韩语，甚至不能使用自己的韩国名字。二战后，祖国被一分为二，母亲及其家人被困朝鲜。他们在绝望之中行走数日，终于走到边境，被接回首尔。但是即使在那里，他们也生活在独裁之下。

二十世纪六十年代，韩国享受了不到一年的民主，我父亲加入了外交使团。但是一天，在坦克的轰隆声中，一场政变推翻了政府，结果是：我们在美国长大。

父亲就像享受新鲜空气一样享受自由。他热爱追求激情的自由，因为约翰·F·肯尼迪，因为弗雷德·阿斯泰尔[①]和特德·威廉姆斯[②]。他开车时，会转身大喊："这是一个伟大的国家。在这里，我们可以做自己想做的事!”

尼克松辞职的那年夏天，我正访问首尔。有人试图刺杀韩国总统，于是总统宣布戒严。我给父亲打电话，对韩国政府从来没经历过和平过渡感到惊奇。同时，世界上最强大的政府刚刚换了总统却没有开一枪一炮。他说："现在你看到区别了吧。在民主国家，如果你是总统，军队服从你；在独裁国家，如果军队服从你，你就是总统。”

所以我选择学习法律，当上法学教授和法学院院长，并成为国务院的人权官员。我到过许多国家，所经之处，例如海地、印度尼西亚、塞拉利昂、科索沃等等，我在很多人的眼睛里发现追求自由的火焰。第一次看到这种火焰是在父亲的眼里。一位亚洲独裁者曾经告诉我们不要再把西方人的价值观强加给他的人民，这个独裁者说："我们亚洲人对人权的看法与美国人不一样。”我指着自己的脸告诉他：你错了。

结束了在政府的工作后，我去朝鲜旅行。我曾经在奥威尔的《1984》中首次读到有关那种了无生气、目光散漫的眼神的描写，这次，我在那儿的孩子、工人、政府官员等每个人的眼里看到了这种眼神。我看到政府无法满足人民最基本的需求。当我们飞出平壤时，我低头看着母亲多年前穿越边境的地方。我们接近首尔

---

① Fred Astaire (1899—1987)，美国电影演员、舞台剧演员、编舞家及歌手。

② Ted Williams (1918—2002)，美国职业棒球手，曾两度获“美国联盟最有价值球员”称号。

时，眼前突然呈现万盏灯火，我意识到南部和北部的唯一区别是：他们的政府不同。

这就是我相信自由之光的理由。

高洪柱（Harold Hongju Koh）是耶鲁法学院院长①，主要教授人权法和国际法。从一九九八年到二〇〇一年，他担任美国国务院负责民主、人权及劳工事务的助理国务卿。高洪柱出生于波士顿，是波士顿红袜队的铁杆球迷。

① 高洪柱于二〇〇九年六月起任美国国务院法律顾问，原书出版于此前。

爱能改变与疗伤

杰姬·兰特

我相信爱由多种调料组成，我相信那些构成了爱的成分。我相信，爱是谦卑的，也是实际的，这些元素组合起来后力大无穷。

四年前，我们收养了鲁克。孤儿院的人把他丢在我们酒店房间里，连“再见”都没说便匆匆离开。他已经快六岁了，但是体重只有二十八磅，脸上疤痕累累。很显然，他惊恐万分。“他最喜欢什么?”我大声问道。电梯门快合上时他们扔回来两个字：“面条。”

鲁克乱踢一通，还不断地高声尖叫；我堵在门口，以防他突然逃走。他的叫声像困兽一般，充满痛苦。他从来没见过镜子，所以试图穿过一面镜子逃跑。为了不让他乱踢乱打，我用双臂紧紧抱住他。一个半小时后，他筋疲力尽，终于入睡。我叫了房间服务，他们送来了菜单上列出的每一种面条。鲁克醒了，看看我，又开始抽泣。我递给他一双筷子，并指了指食物。他不哭了，开始吃面。他不停地吃，一直吃到我以为他会吐出来为止。

那天晚上，我们一起去散步。他看到月亮后非常开心，比划着问：“那是什么?”我说：“月亮，那是月亮!”他跳起来，想摸到它。我准备给他洗澡的时候，他又哭起来，但是当他看到我在玩水后便停止了哭闹。洗完澡时，房间里已经水漫金山，他终于开始咯咯笑了。我给他擦了乳液，扑了爽身粉，还给他穿上软和的睡衣。我们读《一只小黄狮》的故事。他喜欢看色彩明亮的图画，还喜欢翻书。天快亮时，他已经会说：“一只小黄狮。”

第二天，我们去见孤儿院的官员，并处理一些文件。他们走进房间时，鲁克坐在我的大腿上。他看着他们，把我的手紧紧环在自己腰间。

适应了一段时间后，他还是很忧伤，也很害羞，这样的状态持续了很久。他喜欢哭，言辞稍微重一点都会让他畏缩不前。他在枕头里藏食物，还在垃圾桶里翻东西。我有些担心，他到底会不会从孤儿院那伤人的漠不关心中恢复过来呢?

四年过后，鲁克已经变成一个聪明、可爱、快乐的四年级学生，他非常有魅力，并且颇有运动天赋。老师们都说他很乖，并且学习很用功，我们的邻居说鲁克是她见过的最快乐的孩子。

现在回想起来，改变这个遭遇虐待的胆小孩子的原因依然让我非常惊奇。改变他的不是治疗、咨询师或药物，它不花钱，不需要关系或什么重大特权，关键就是——爱——这一简单、平凡而又容易施与的东西。爱是最重要的，它包括同情、关爱、安全和信仰。我相信爱有改变的力量，我相信爱有疗伤的力量。

杰姬·兰特（Jackie Lantry）在马萨诸塞州的里霍博斯市一家医院兼职，她和丈夫从中国收养了两个女儿和两个儿子。当杰姬问孩子们相信什么时，他们异口同声地说："家庭。"

神秘的力量

艾伦·莱特曼

我相信未知事物的力量。我认为，不管是在科学领域还是艺术世界，每个人进行创造性活动时，心中都有一种神秘感。

小时候，到了睡觉时间我常常穿着睡衣从床上爬出来，走到窗边，远望星空。我的疑惑特别多：那些小小的亮点到底有多远？空间会一直永远延伸吗？它有没有尽头？是否有一个巨大的边界？如果那样的话，边界之外还有什么呢？

我儿时的疑问还有：时间有尽头吗？我看着父母和祖父母的照片，努力想象他们的父母以及更早的年代。我看着卧室窗外的无尽空间，时间似乎能够向前，也能向后，似乎永远没有尽头，它包围着我，包围着我的父母和祖父母以及地球的全部历史。时间会一直继续吗？时间有开端吗？如果有的话，之前又有什么？

长大后，我成为一名专业天体物理学家。尽管我没有解决上面的任何问题，但是它们依然萦绕在我心头，挑战我，激励我在科学研究中前进。有时候它让我对一个科学问题苦思冥想，甚至能够好几天彻夜不眠，天天靠金枪鱼罐头过日子。今天，诸如此类的问题依然富有挑战性，让最领先的科学家都感到困惑。

爱因斯坦曾经写道："神秘的事物是我们能拥有的最美妙的体验，它是孕育真艺术和真科学的摇篮。"爱因斯坦所说的"神秘"指什么？我认为他的意思并不是说科学充满无法预测、无法知晓的力量或超自然的力量。我觉得他指的是一种敬畏感，我们能感受到比自己更伟大的东西的存在，并且在此时此刻，我们并不能提供所有答案。我们可以站在已知和未知的交界处，凝视黑洞时，感到愉悦而不是恐惧。

科学家找到问题的答案时当然很开心。但是科学家在遇到困难、发现一些他们无法回答的有趣的问题时也同样喜悦。因为正是那时候他们的想象力和创造力最为活跃，也正是那时候才能催生最伟大的进步。

物理界的圣杯之一是找到所谓的"万能理论"，一个能够包含自然界所有基本原理的终极理论。就我个人而言，我希望我们永远也找不到那个终极理论。我希望总有我们不知道的事物存在——关于物理世界以及我们自身。我相信站在已知与未知交界处的喜悦，我相信孩子们提出的尚无答案的问题。

艾伦·莱特曼（Alan Lightman），天体物理学家、小说家，执教于麻省理工学院，著有《爱因斯坦的梦想》和《神秘感：科学及人类精神》。他和妻子创办了致力于帮助劣势年轻人获得教育的哈普斯维尔基金会。

生如夏花

五十年代广播系列之一

托马斯·曼

我所相信也最为珍视的东西是时间的短暂。

但是，短暂——生命的易逝——难道不让人伤悲吗？不！它是存在的灵魂。它赋予生命价值、尊严和趣味。短暂创造时间，而“时间就是精华”。至少时间能成为最宝贵、最有用的礼物。

时间与所有创造和活动相关，与所有追求更高目标的过程一样，是的，与它们完全一样。

没有短暂，没有开始或结束，没有生或死，时间也就不存在。永恒——时间永远没有终结和开端——就变成停滞和虚无。那实在令人乏味。

生命具有韧性。即便如此，它的存在是有条件的，它有始也有终。我相信正因为如此，生命才具备了更高的价值和魅力。

让人类与自然界其他一切事物相区分的最重要的特征之一便是他认识短暂，知道始终，因而明白时间的意义。

短暂的生命在人类身上获得了最大的活力，也就是获得了灵魂的力量。这并不是说只有人有灵魂。任何事物都有灵魂的特质。但是人类灵魂深谙“存在”和“短暂”这两个词的意义，明白存在意味着短暂，短暂则让存在更宝贵。

对人类而言，时间就像因其辛勤耕耘而托付给他的一片土地，一个不断努力、更多更好地了解自我的空间。是的，在时间的帮助下，人类得以从凡人世界铸造不朽。

我深信，在宇宙之中，我们的地球理应最具重要性——我认为每一个人都会认为如是。我深信，洪荒之中造出宇宙、蒙昧之中创造生命的最终目的是为了创造人类。我相信人类是一个伟大的实验，人类自身罪孽可能导致的失败远远比创造本身的失败重要。

不管是正或误，如果人类能够遵照这一信仰生活，他就是智者。

托马斯·曼（Thomas Mann），诺贝尔文学奖得主，以审视和批判二十世纪上半叶的欧洲人和德国人著称。他非常擅长挖掘艺术家的内心世界，其主要作品包括《魂断威尼斯》、《魔山》和《浮士德博士》等。

我的餐厅为何歇业

五十年代广播系列之一

乔治·马迪吉安

每到平安夜，我的餐厅都会停止对外营业，妻子和我变成雇员，为我们的员工服务。我们努力奉上最精美的圣诞大餐。这种角色互换具有象征意义，是我们到美国后学到的一个古老的美国习俗。

每个民族都有自己多姿多彩的习俗，这是一笔宝贵的遗产，它们已经成为这个国家不可或缺的一部分。我相信真正的谦卑是今天人类的一个基本需求。我为什么这样认为呢？除了耶稣基督的教诲之外，我的切身体验似乎最生动地验证了其真实性。

我是土生土长的亚美尼亚人。土耳其人和俄罗斯人侵袭亚美尼亚共和国时，我还年轻，正忙着组织童子军。我被俘虏，关进大牢。在这段危机时期，我几乎饿死。一位年纪稍长、颇有见地的难友告诉我："不要失去希望。"他是对的。在一些在近东赈灾组工作的美国朋友的帮助下，我终于逃脱，他们告诉抓捕我的人说我是美国人。就这样，我在成为美国人之前就变成了美国人。

最终，我来到美国。这就是我——一个不远千里穿越大西洋、来到一个回应了我所有关于幸福和自由的祈祷的国度的一个谦卑的移民。第一次看到自由女神像时，我的心情难以言表。即使在今天，每当我在来往欧洲的旅途中经过它时，依然不免心生崇敬之意。

在来美国前，我在埃利斯岛[①]上洗了个澡。当时我发现那儿有许多香皂和水，我用了特别多，因为对我而言，这似乎是洗去旧世界的所有仇恨和偏见。从里面出来时，我遇到一个穿着制服的卫兵，他竟然对我微笑。一个陌生人的微笑对别人而言可能微不足道、瞬间即逝，但是它却铭刻在我的心头，因为它奠定了我的新生活的基调，预告了我将得到的快乐和友谊。

刚开始抵达美国时，我只能说很少的英语，几乎身无分文。但是我有热情，愿意工作，并且对新生活充满希望。我乘上了西去旧金山的列车，所到之处每个陌生人都乐于助人，这让我感到谦卑。

---

① Ellis Island，位于美国纽约州纽约港内，在一八九二年一月一日到一九五四年十一月十二日期间是美国移民管理局的所在地。许多来自欧洲的移民在这里踏上美国的土地，进行身体检查和接受移民官的询问。目前，埃利斯岛上的移民管理局已经改建为移民博物馆。

这片乐土对我善待有加，它让我拥有许多来自各行各业的朋友。我相信，在这个鼓励爱和互相尊重的社会里，为了实现所有人的物质和精神幸福，我必须作出更多贡献。我相信，源自真爱和谦卑的友谊是人生最宝贵的财富。

乔治·马迪吉安（George Mardikian）在美国的第一份工作是在旧金山的一家餐厅刷盘子。后来，他买下那个地方，将它发展成一家著名的餐厅。马迪吉安努力改善驻韩美军的食品供应，并因此荣获自由勋章——美国公民能得到的最高荣誉。

无名英雄的美德

约翰·麦凯恩

我相信荣誉、信仰和服务——为自己的国家和全人类服务。我从家人、我在越南服役时的战友和祖国同胞身上学会了这一点。

拿威廉·B·拉弗纳尔来说吧。他在巴顿率领的穿越欧洲的坦克部队服役，但是我最初认识的他就是学校里的英语老师兼足球教练。他能生动再现莎士比亚的作品，让他“死而复生”，并且具有超强的领导力。他是我的偶像。他教我的最重要的一点是：必须严格遵守我们学校的荣誉规范，只要坚持诚实和光荣原则，我们就会为自己感到骄傲。我们能够为超越我们自身利益的更伟大的事业服务。

多年以后，我在一个最出乎意料的地方目睹了荣耀。当时我是一个被囚在越南的战战兢兢的美国战俘，折磨我的人用绳子把我捆得严严实实，把我一个人扔在一间空房子里受罪。那天晚上，从来没有跟我说过话的一个卫兵走进房间，默默地松开了绳索，让我好受一点。在天亮之前，那个卫兵返回房间，赶在那些“人道”的同伴回来之前又把我捆紧。他对我只字未吐。几个月之后，在一个圣诞节的清晨，当我一个人站在监狱的院子里时，那位士兵走到我旁边，和我站在一起。过了一会儿，他用鞋子在地上画了一个十字。我们默默地站了一两分钟，向那个十字致意。然后他擦去地上的痕迹，一言不发地走开。

对于我而言，那就是信仰：一种团结、永不分裂的信仰，一座连接人性鸿沟的桥梁。在这种信仰里，我们拥有平等，拥有造世主赐予我们的不可剥夺的生命权、自由权和追求幸福的权利。那是我愿意用生命捍卫的信仰。

我决心捍卫荣耀，诚实行事，这使我努力工作，服务国家。我相信，对比自身利益更崇高的事业的忠诚服务决定着一个人的真正价值，是我们获得真正幸福的途径。在美国，我们赞颂沉默英雄的美德——他谦虚而又毫无怨言地履行自己的义务，不期待别人的称颂；他时时刻刻准备着响应祖国的召唤，并且一旦听到这种召唤，他会立刻付诸行动，其目的不是名望或回报，而是爱。

在服务祖国方面，我做得并不完美，我的错误让我觉得谦卑。我努力遵照这些荣誉、信仰和服务原则生活，因为我希望自己的孩子们也那样做。我希望自己能够成为他们的榜样，以便在下一代接替我们时，他们会做出更好的决定，继续为正义和自由铺路。

约翰·麦凯恩（John McCain）的父亲和祖父皆曾担任美国海军上将。麦凯恩在安纳波利斯的美国海军学院接受教育，毕业后担任海军飞行员。他驾驶的战机在越南北部被击落，被俘并被拘禁五年之久。麦凯恩自一九八六年以来担任美国亚利桑那州参议员，二〇〇〇年参加总统竞选[①]。

---

① 原书出版后的二〇〇八年，麦凯恩成为共和党总统候选人，但在选举中输给奥巴马。

阅读的快乐与激情

里克·穆迪

我相信阅读是绝对自由、绝对不受任何限制的活动。我喜欢在一摞摞的书堆中闲逛，然后挑出第一本吸引我的书；我喜欢在满是灰尘的书堆中挑选；我愿意读那些别人不喜欢或者认为它们很危险的书；我喜欢挑战最最难读的书；我喜欢读别人都不得不说难懂的书，然后得出自己的结论。

我的这种喜好部分源自巴克斯顿先生，他是在我十年级时教我莎士比亚的老师。当时我们正在读《麦克白》，巴克斯顿先生本来可以开展各种各样的活动，但是他偏偏选择在一个夜晚让我们一行一行地讨论这本书。他做的第一件事情就是指出主题的重复，例如正反颠倒的语言（“清明即污浊，污浊即清明”），还有对麦克白夫人的非女性化分析以及剧中男性与暴力的关系等。

巴克斯顿先生没有告诉我这出剧的意义是什么，他让我做出自己的结论。十一年级时，我的宗教老师弗兰德斯先生也差不多，他鼓励我去探索自己与福音书的关系。那时他好像还引用了拿撒勒的耶稣的话：“所以我用比喻对他们讲，是因他们看也看不见，听也听不见，也不明白。”

高中毕业后，我上了大学，读了翁贝托·埃科的《读者的角色》。埃科认为读者让文本完整，只有当文本遇到一个非常专注乃至贪婪的读者时，它才结束。埃科称之为“开放文本”。在大学里，我还读过一些最伟大的欧洲和拉丁美洲作家的作品：博尔赫斯、卡夫卡、热内、贝克特、阿尔多、普鲁斯特等，他们的作品全部都是开放文本。或许我还是不懂为什么卡夫卡的《变形记》会讲一个人变甲虫的故事，但是我知道有人说是变成了蟑螂，还有人说他变成了蜣螂。

当然，一些批评家会坚持说每本书都有正确和错误的读法。毫无疑问，他们是通过自己在书堆中的历险得出了这些结论，对于每个领域的哲学家而言，这些都是重要问题。不管怎么样，我所知道的是：不管在新书店还是二手书市场，我都能从阅读中获得快乐和激情。

我相信，现在没有任何权威能够告诉我如何理解、如何阅读、在所有情况下如何找到真正的文学意义，将来也没有。尼采说：“假设真理是个女人——然后呢？”假设真理不艰涩、不稍纵即逝、不男性化、不简单、不直接？你可以用一生的时间来思考这句话，然后得出你自己的结论。我相信，我有看到文学、历史和真理在我面前展开的自由，就像一本刚刚打开的书一样。

里克·穆迪（Rick Moody），小说家，他的许多作品集中探讨美国郊区破碎的家庭关系。穆迪现居长岛，和纽约公共图书馆合作创立了“幼狮图书奖”。他在自传《黑面纱》中指出，阅读是形成身份认同的关键。

真理确实存在

埃罗尔·莫里斯

我相信真理，也相信对真理的追求过程。

十岁时，我问一个比我大的邻居男孩："哪个城市更靠西边，是内华达州的里诺还是洛杉矶？"正确答案应该是里诺，但是他却坚持认为是洛杉矶。

他坚信洛杉矶在里诺的西部，甚至愿意跟我赌两美元。于是我进屋拿出我的兰德麦克纳利地图，他看了看我的地图说："这个地图画得很搞笑。"这幅地图并不搞笑。他想说的是那幅地图没有指出东南西北吗？那会是幅什么样的地图？我指给他看：如果你沿着西经一百二十度线往下——那条线几乎直接穿过内华达州的里诺——你就会到达太平洋，那是在洛杉矶的西部。

他回答说那条线没有穿过海洋。

什么？我告诉他经度线只是指明一个地方是在西边还是东边，

陆地或海洋并不重要。

然而，有一个铁一般的事实摆在我的面前：他比我大。

从这个故事中我得出了许多结论。

真理确实存在，但是我们却经常故意忽视它，或者直接否定它。仅凭思考并不能让它成真。真理不是相对的，也不是主观的。它可能是隐蔽的或者语焉不详，或许人们会故意忽略它，但是，真理的存在不容置疑，并且追求真理的行为也确实存在。人们想努力弄清楚到底发生了什么，事实到底怎样。

大概十五年前，我偶然听到一个故事：得克萨斯的汉茨维尔市一个无辜的人被判处死刑，电椅将为他送行。通过艰苦的努力，还凭着点运气和一种病态的执著，我终于制作了电影《细细的蓝线》，并且帮助他出狱。

我为什么一直坚持下去？因为我坚信这些问题一定有答案——“是他做的吗？”“他有罪还是无辜？”“如果他没做，那是谁干的？”并且我相信通过仔细调查，一定能够找到这些问题的答案。

这并不是说我们认为真理总是那么显而易见。我们进行调查，有时候我们能够找出真相，有时候我们无功而返。我们无法提前知晓。只是我们必须坚持下去，就像答案真的存在一样。我们必须继续，就像我们能够查出真相一样——即使查不出来我们也要坚持。放弃是无法接受的。

那个邻居男孩真的不明白我说的关于内华达州里诺市的话中的逻辑吗？还是他心里完全明白只不过不愿意承认而已？或者说

他明白，但是不想付我两块钱？我永远无从知晓。

我知道的是：我没有拿到那两块钱。

埃罗尔·莫里斯（Errol Morris），纪录片导演，曾获奥斯卡奖。其作品包括《细细的蓝线》和《战争迷雾》，他还导演了许多广受好评的电视节目和广告片。早年的莫里斯曾经做过私家侦探。

法律的制约力

迈克尔·穆勒恩

总体而言，我的个人信仰对社会并不是特别重要——可能你的也一样。但是另一方面，我们对某些事情的信仰非常重要。这些事情都可归结为“小叮当效应”①，也就是说，只要我们相信，它们就能存在。法律的制约力便是其中一个例子。从本质上来说，只有足够多的人相信它，并坚持认为每个人——即使那些不相信的人——都应按照它确实存在这一假设行事时，法律的制约力才存在。如果很多人开始怀疑它，不再认为它保护着所有人，不再相信我们每一个人都受到法律的制约，从那一分钟开始，法律的制约力便会烟消云散。

所以我坚信法律的制约力，它可能是我们的社会最伟大的成就。它如同一个堤坝，阻挡着暴民统治，也制约着现代国家过分庞大的权力。法律的制约力制约着我们，在我们独自面对那些反对、害怕我们的人以及仅因为我们不一样就不喜欢我们的人时，它保护着我们。它如同一个保险箱，保证我们其他的所有价值观安然无恙。

法律强大，这让我们欣喜；但它又很脆弱，这又让我们害怕。在危机时刻，在威胁产生之时，我们容易受到不再相信法律制约力的诱惑——诱惑我们认为它在削弱我们，而不是保护我们。我们已经不止一次地向这个诱惑低头。我们依然记得在遭到偷袭后，一些美国公民被拘留，原因不过是他们或者他们的父辈或祖父辈来自日本。回想起来，那些行为不仅不正义、不道德，而且实属不必要之举，丝毫不能保护我们。

"九一一事件"让我觉得不经正常程序进行拘留或许是一件正确的事，也许我们需要牺牲个人自由以确保安全。但是我又想起为了创造并保护法律的制约力而流血牺牲的数代美国人。如果我们现在忽视它，我们又该怎样让它重返我们身边？

就像小叮当一样，怀疑严重伤害了法律的制约力。如果想让它继续保护我们，相信它的人们必须站起来，并且宣告——我必须宣告——我相信法律的制约力，不会眼睁睁地看着它消亡。我相信我们不至于软弱无力或害怕到将它放弃的地步，我并不认为那些已经伤害我们并且会再次伤害我们的少数人会强大得让我们

① Tinker Bell，"小叮当效应"指那些仅因为人们相信才存在的东西。该效应得名于《彼得潘》中的仙女小叮当，她临死之际，是观众的信念让她复苏。

必须舍弃美国人之所以成为美国人的根本素质。

迈克尔·穆勒恩（Michael Mullane），法律教授，阿肯色大学法学院法律事务所主任，曾在亚利桑那州和缅因州的法律事务所供职。穆勒恩出生于军人家庭，在越战期间曾担任海军飞行员。

生气又何妨

塞西莉亚·穆诺兹

我认为小小的愤怒可以让你更成功。

我依然清晰地记得自己体验愤怒成为动力的一刻。那大约是一九八〇年，我十七岁，是玻利维亚移民的女儿，在底特律的郊区长大。我出生在美国，父母是移民。当时，我们在餐桌上与家人讨论正在中美洲进行的战争以及美国的态度，忽然，一个好朋友说出了这样一番话。他告诉我，他觉得美国或许哪天会在拉丁美洲的某个地方参战。他看着我的眼睛说："如果真的是那样的话，你的父母应该被拘留，就像二战中的美籍日本人一样。"他的话让我怒不可遏。

这是个了解我们的人，他与我们共进晚餐，知道我们是什么样的美国人。也许我们身上有些异乡因素，但是我从来没想过我们除了是一个美国家庭之外还能是别的什么。对我的朋友和许多人来说，他们总是怀疑我们是否真的属于这个国家——我们的家，这种怀疑甚至成为夺走我们的自由的正当理由。那天的愤怒成为振奋我一生的力量，使我毅然决然地投入民权运动，并为之奋斗至今。

我觉得愤怒让我很成功。我在移民权利运动中找到工作，还搬到华盛顿，从事倡议工作。在那期间，我发现了更多让人生气的事情，我也因此被人称为“刺头”。有一次，不知道是谁给我母亲寄了一篇有关我的工作的文章，她很骄傲，但就是不明白为何有人用“凶暴”一词来形容自己的女儿。

但是，愤怒也能掏空你的内心。我做第一份工作时，如果我们在一天时间里帮助了五十个移民家庭，到了晚上，不具资格的那五个家庭的面孔就会出现在我的梦中。当我协助国会通过一项旨在帮助美国人与自己的移民家庭团聚的法案时，我只会想起我那不够资格的表妹，她可能还要等十年才能拿到移民文件。

我就是那样度过每一天。你有胜利的时候，但是到目前为止，失败总是更多，那些失败的人的名字和面孔总是浮现在你脑海里。我依然保存着那篇有关我们的政治斗争失利后一位农场工人自杀的报道，我还记得他的名字，并不仅仅因为我和他同姓。他的故事提醒我做这份工作的初衷以及自己的无能为力。

我十分熟悉在你的灵魂深处被愤怒挖出的那个空洞，多年来，我从中汲取让我继续工作的动力。但是，它还没有完全将我吞噬，或许是因为那个空洞已经被其他更有力量的东西填满，例如怜悯、信仰、家庭、音乐以及周围人们的善良。它们充实着我，并且淡化我的愤怒，赋予我一种感激之情：感谢自己拥有特权去作贡献，让世界更美好。

塞西莉亚·穆诺兹（Cecilia Muñoz）是西班牙裔宣传组织拉拉扎全国理事会研究、宣导与立法事务办公室副主任。她出生于底特律一个玻利维亚移民家庭，致力于西班牙裔美国人的权利事务。二〇〇〇年，穆诺兹当选为麦克阿瑟研究员。

联系我们的神秘力量

阿扎尔·纳菲西

我相信感情上的共鸣。我相信，想象和亲密的人际关系能够创造感情的共鸣。

我是一个作家，还是一位老师，所以我的大部分时间都用于解读故事和与他人交往。共鸣源自一种想要更了解自身和他人的冲动。通过想象和对和谐的愿望，我们会超越自己的局限，擦亮我们的双眼，并以全新的视角来看待自己和周围世界。

每到我想起“感情共鸣”这个词时，我的脑海里会浮现一个名叫哈克贝里·芬的小男孩，他在思考如何对待朋友——一个逃跑的奴隶吉姆。哈克问自己是否应该扔下吉姆。主日学校教育哈克说那些放走奴隶的人会永陷火海。但是在那个时候，哈克说他想象自己和吉姆“在白天或者黑夜，在月光下或者风暴中一起玩乐，一起聊天、唱歌和大笑”的样子。哈克想起了吉姆以及他们温暖的友谊。他脑海里的吉姆不是奴隶，而是一个人，所以他决定："那好，我就去地狱吧。"

哈克所拒绝的不是宗教而是一种自命正义和刚愎自用的态度。直到今天，我还清晰地记得《哈克贝里·芬历险记》中的这一幕，那是因为它与我生活中的一段艰难岁月有关。在二十世纪八十年代早期，像许多人一样，我在德黑兰大学教书时被校方开除。出乎意料的是，我发现我最坚定的同盟竟然是该大学强大的穆斯林学生会的两位非常活跃的学生。这些年轻人曾经与我有过非常激烈的争论，我强烈反对他们的意识形态观点，但是，那并没有妨碍他们维护我。我被开除后曾经遇到过其中的一个学生，在我谢过他对我的支持后他回答说："我们并不像你想象的那么僵化，纳菲西教授。还记得你给我们讲过的哈克贝里·芬吗？这样说吧，他并不是唯一一个冒险下地狱的人。"

这件事让我更加坚信：尽管人与人可能存在天壤之别，但是一种神秘的联系让我们彼此相连。没有什么政治正确能够阻止我们同情达尔富尔的孤儿或者仅因穿着不当被带到喀布尔足球场枪毙的妇女。通过对他人命运的好奇、拥有感同身受的能力以及通过神奇的想象进入他人世界的意愿，这种认识才能产生。没有这种感情共鸣，就不可能存在真正的对话，我们作为个体和民族也将会变得孤立、陌生、隔绝乃至分裂。

我相信只有通过感情共鸣，阿尔及利亚妇女、朝鲜的持不同政见者、卢旺达的儿童或者伊拉克的俘虏对我而言才变得真实，而不只是一扫而过的新闻。在这样的时刻，我会问自己：我是否像哈克贝里·芬一样准备好放弃主日学校的天堂而去选择地狱？

阿扎尔·纳菲西（Azar Nafisi），作家，出生于伊朗，由于拒绝戴面纱被德黑兰大学开除。其著作《在德黑兰读洛丽塔》取材于她在自己家中秘密教女学生文学的故事。纳菲西现在约翰·霍普金斯大学高等国际关系学院工作。

诗的诞生

格雷戈里·奥尔

我相信，诗歌是让人走出情感混乱、摆脱精神迷惑、治愈创伤的一种方式。

十二岁时，我在一次打猎中不小心用来复枪误伤了我弟弟。那一刻，我的世界天翻地覆，我从来没有感到那么悲痛、羞耻和绝望。自那以后，我的破碎的家庭中没有一个人对我说起弟弟的死，他们的沉默让我独自面对所有的苦痛。在那些情感的冲击之下，一件更可怕的事情发生了：我发现自己所坚持的所有简单的意义突然彻底轰然倒塌。

创伤性暴力的一个后果就是受害者被孤立。它让我们与其他人隔绝，让我们与他们的感情生活隔离，直到我们变得麻木，就像只剩下半条命一样苟活于世间。年轻的我终于找到了能够对抗日益强烈的孤独和麻木的东西：写诗。

在写诗时，我加工自己的体验。我将内心的东西——杂乱的情感或记忆的原材料——转化成文字，然后将这些文字变成富有节奏的语言，那便是我们所说的诗歌。这个过程带给我一种狂喜。以前，在面对迷茫时，我是被动的、无能为力的；但是现在我是积极的：我是自己的体验的强大的塑造者。我将它变成一种清晰的意义。

诗歌即意义，所以即使是我写的最悲伤的诗歌也在证明我有继续生存的渴望。因此，无论生活多么复杂、多么矛盾重重，它依然代表着对生命的肯定。

另外，我这个诗人身上还发生了一个奇迹：由于诗歌能够在诗人与听众之间交流，它成功地战胜人类的孤独。

每当我读到一首打动我的诗歌时，我就知道在这世界上我并不孤单。我感到自己与那个诗人之间存在着一种联系，知道他或她也与我有着类似的经历和同样的情感。他们的诗歌给了我希望和勇气，因为我知道他们熬过来了，知道他们的生命力足够旺盛，能够将经验转变成文字、形成意义，然后与我分享。他们的诗歌像一份份礼物，温暖着我的内心，帮助我生活并且相信生活的意义。

格雷戈里·奥尔（Gregory Orr）执教于弗吉尼亚大学，著有自传《祝福》、散文集《生存的诗意》以及九本诗集，其中包括《爱人的身体是本书》等。格雷戈里的妻子特丽莎·奥尔是一位画家，他们现居弗吉尼亚州夏洛特维尔市。

我们息息相关

埃布·帕特勒

我是一个信仰伊斯兰教的美国人，我相信多元主义。在《古兰经》中，安拉告诉我们："创造你们时，我让你们生活在不同的民族和部落，以便你们互相理解。"我认为美国是人类实现安拉"互相理解"这一愿望的最佳机会。

在我的办公室里挂着诺曼·洛克威尔[①]的画作《信仰自由》。一位穆斯林手持一本《古兰经》，身旁站着一位抚弄念珠的天主教妇女，其他人则双手交叉，默默祈祷，眼里充满虔诚。他们肩并肩，面朝同一个方向站立，虽然各自保持距离但又和平共处。这幅作品生动地刻画了一群和平生活的人，他们的信仰虽有差别，却互不干涉。

在我们的世界，许多强大的力量试图分裂我们。如果要战胜这些力量，我们必须付诸更多行动，而不仅仅是沉默地站在一起。

我曾经在芝加哥的西郊上中学，当时常常跟我一起吃午饭的同学包括一个犹太人、一个摩门教徒、一个天主教徒还有一个路德教教徒。从一定程度上来说，我们都很虔诚，但是我们几乎从来不谈论宗教。有人可能在餐桌上说他们不能吃某种食物或者在某段时间什么都不吃。我们都明白这背后有宗教原因，但是除了说句“我妈妈说……”之外，没有人会解释什么，也没人要求更多的解释。

毕业之后，过了几年，曾经与我共餐的犹太朋友提醒了我一件我们俩都希望从来没有发生过的事情。在我们学校，有一群暴徒热衷于在教室的课桌上写下反犹太人的侮辱性字眼，并且在走廊里大声吼出那些词。

我不与他们正面冲突，也不敢面对我的犹太朋友。我只是对他们的偏执行为不理不睬，同时也回避我的朋友——因为我无法面对他。

朋友说在那些日子，他很害怕去学校，并且当他看到自己的密友对一切都置若罔闻时，感到自己被抛弃。听他说起他的痛苦以及我在这件事情中的“共谋”行径是我一生中最大的耻辱。

我的朋友在餐桌上需要的远不止是我的沉默。现在，我意识到，相信多元文化意味着我需要付诸行动的勇气。行动才是信仰

---

① Norman Rockwell（1894—1978），美国二十世纪早期重要画家，其作品记录了二十世纪美国的发展与变迁。

与观点的分水岭，信仰只有通过行动才能被铭刻在心。

用伟大的美国诗人格温德林·布鲁克斯的话来说：“我们息息相关，我们是彼此的收获，我们是彼此最重要的纽带。”

我无法回到从前，帮助犹太朋友减轻痛苦。但是如果我现在行动起来，就能防止悲剧重演。

埃布·帕特勒（Eboo Patel），芝加哥市跨信仰青年核心组织的创立者和执行理事长，该机构旨在促进国际跨信仰青年运动。他在全球进行有关年轻人和宗教的演讲，曾在二〇〇四年诺贝尔和平奖论坛上作主题发言。二〇〇二年，帕特勒被《尤特纳》杂志提名为“三十位三十岁以下的杰出梦想家”之一。

人生的对半理论

史蒂夫·波特

我信奉对半理论。生活时而顺风顺水，时而倒霉透顶。在我眼里，生活就像来回晃动的钟摆。读懂生活的常态需要时间和阅历，也正是这样才练就了我面对未来宠辱不惊的生活态度。

让我们来看看一个基本事实：没错，我注定会死。我的双亲已经仙逝，一位最好的朋友离开了人间，还有一位敬爱的上司辞世，几只心爱的宠物也不幸丧生。当中一些变故突如其来，让人猝不及防；有些却长期折磨，让人痛苦不堪。死亡是件糟糕的事情，它是人生的最低谷。

当然生活也不乏喜事：坠入爱河，缔结良缘，身为人父，养育幼子，做些父亲该做的事情——例如训练儿子的棒球队；当他和狗在河水中嬉戏时，我摇桨划船跟在身旁；感受他强烈的同情心，发现他对蜗牛也善待有加；赞赏他丰富的想象力，欣赏他用一堆乐高积木搭出一艘飞船。

人生之中也有一片宽广的草坪，各种好事坏事都在那儿上演，像要杂技一样地不断翻新。这就是让我信服对半理论的原因。

有一年春天，我过早地在一片容易被淹的低洼地种下玉米，此举遭到了邻居们的嘲笑。一切都是徒劳？我有些懊恼。接着，我遇到了生命中最难熬的酷暑，热浪袭人，旱灾接踵而至，我的空调失灵、水井枯竭、婚姻破裂，还惨遭失业，囊中羞涩。某首乡村歌曲的歌词成为我的真实写照——我讨厌这种音乐。唯一振奋人心的事儿是：一支堪萨斯皇家棒球队人气攀升，即将首次冲击世界棒球大赛。

回想那个可怕的夏天，我不久就明白了所有的好事坏事最终都会正负相抵，不顺心的境遇终究会成为过去。我感激幸福时光，细细品味美好的日子，它们让我拥有新的活力去应对突如其来的险境，并给我成功的信心。在我喜爱的皇家棒球队陷入低潮时，对半理论甚至帮我看到了希望。这是一块新手们辛勤耕耘的土地，假以时日我们就可以收获十月的金秋。

哦，对了，你想知道我的玉米收成？在那个炎热的夏天，庄稼地的湿度恰到好处，提早播种使授粉避开了酷热，否则玉米苗可能被烤死，雨水稀少使地里的玉米秆免遭水灾。那年冬天，我的粮仓里堆满了玉米——每株穗上都长着三个饱满的玉米。我的邻居们呢？他们地里长出来的只有干巴巴的褐色玉米棒。

尽管过去的收获可能没有实现百分之五十的期望值，而且将来可能也是如此。但是，我从早季丰收的玉米中找到了支持和信心。

史蒂夫·波特（Steve Porter）住在密苏里州西部的家族农场上，从十九世纪四十年代起，其家族就拥有这个农场。到目前为止，他只种过一次玉米。除了指导棒球队和观看棒球比赛外，波特还在密苏里州交通部社区沟通部门工作。

我所相信的美国

科林·鲍威尔

我相信美国，相信我们的人民。

这个月底，我将去埃利斯岛参加一个仪式，领取舱货单复件和记录着我母亲抵达美国的移民文件。我母亲名叫摩德·阿里尔·麦克伊，一九二三年从牙买加出发，登上了图丽亚巴号轮船。父亲路德·鲍威尔比她早三年在费城港口登陆，抵达美国。

他们在纽约相遇、结婚，拿到美国国籍并生儿育女。他们辛勤工作，热爱国家，为这个国家创造财富，并且帮助它蓬勃发展。他们在子女和孙儿们的心中灌输了同样的对国家的赤子之爱和乐观主义精神。

我父母的故事只是数百万美国人故事中的一个。我们是个移民的国度：我们被每个民族感动，相应地，我们也感动着每个民族。感动我们的不仅包括移民，而且还包括那些来美国游玩并且回去后讲述在美体验的游客。

我相信，面对世界时我们最强大的力量就是社会的开放性以及人民好客的天性。不需要太多语言，人们能在我们国家愉快逗留便是我们最好的公共外交手段。

“九一一事件”之后，我们发现我们国家的开放性也让我们易受攻击。为了保护自己，我们需要知道谁为了什么目的进入了这个国家以及何时离开。这种做法完全妥当、合理。

不幸的是，许多外国人认为我们不再是个好客的国度。他们开始在其他国家上学、求医，并且坦白地说，一些人开始把业务转移到其他国家。我们不能允许那种状况发生，我们的态度必须明确：我们很高兴你们在这儿。我们必须谨慎，但是同时万万不可恐慌。

在我担任美国国务卿期间，外出访问时遇到过一些反美情绪，但是同时我也感受到人们对美国的尊重和热爱。人们依然对这个国度心存向往。无家可归的难民依然把美国当作自己的理想家园，即使审查程序日趋严格，但是仍有许多人在我们的大使馆前排队申请。

你看，我相信，二〇〇五年的美国仍旧是当年吸引摩德·阿里尔·麦克伊和路德·鲍威尔以及千千万万移民的美国。每天，新移民会收到美国送给他们的礼物，这份礼物与我父母收到的完全一样。这样的美国依据宪法行事，激励世界实现民主和自由。这样的美国有一颗博大、宽广的慈善之心，对世界上所有需要帮助的人敞开怀抱。有时候这样的美国似乎有些迷茫，并且充满一种嘈杂声。那种嘈杂声有一个名字，叫做民主，我们利用它来拨开迷雾，远离彷徨。这样的美国依然是一座灯塔，照亮世界上最黑暗的角落。

去年，我遇到一群在美国刚待了几个星期的巴西交换生。我问他们在这儿有什么独特的体验，一个年轻女孩告诉我说：一天晚上，有十二个学生在芝加哥的一家快餐店用餐，吃完之后才发现他们没有足够的钱埋单，所有人一时手足无措。忐忑不安中，他们将自己的困境告诉了服务员。不久，服务员回来说："我跟经理说过了，他说'没关系'。"学生们依然很担心，因为他们认为那个服务员可能要从自己的腰包中掏钱付账。她微笑着说："不是的，经理说你们来到美国，他很高兴。他希望你们玩得开心，并且能够了解我们的方方面面。他说这一顿他请客。"

那些年轻的巴西孩子把这个有关美国的故事讲了又讲。这就是我所相信的美国，这就是全世界想要相信的美国。

科林·鲍威尔（Colin Powell）从军三十五年，大学时在后备军官训练队学习，后来晋升为四星上将，并在一九九一年海湾战争时担任参谋长联席会议主席。他曾为六届总统服务，并在二〇〇一年至二〇〇五年间担任美国国务卿。

正义的实质后果

弗雷德里克·雷默

上周二早晨，我桌子对面坐着一位妇女，她那原本柔美的脸庞印上了几道深深的疤痕。这些是拜她的暴君丈夫所赐，并且当她要求离婚时，一只耳朵被割掉。

我是罗得岛假释裁决委员会的一员。每个月，我都与罪犯和受害者打交道，十三年来月月如此。在我与同事为罪犯进行假释听证之前，如果受害者愿意对我们讲述他们的故事，我们就会与他们见面。

每当走进听证会的房间时，我就要重新检验自己对正义的信心。一方面，我担心公共安全，另一方面，我相信一些罪犯的确能够改过自新。每次我都尽力在这种担心和信心之间取得平衡。同时，我无法忽略自己的愿望，那就是惩罚那些故意破坏他人生活的罪犯。

几乎每次在聆听的时候，受害者都央求我们将罪犯关进大牢。整个上午，我的耳朵里充斥着谋杀、强奸、猥亵儿童、持械抢劫以及家庭暴力等故事，让人痛彻心扉。

受害者重新回到自己混乱的生活，几个小时后我就与罪犯面对面，开始听他的说法。通常，他们的讲述饱含悔恨、希望以及各种承诺。

这种经历迫使我考虑对人的基本权利的看法。尽管我们的体制存在一些不完美，但它还是让我感到骄傲。大多数情况下，该体制奉行公开原则，并且非常看重受害者和被告双方的权利。

但事实是，我必须权衡这些互相冲突的权利。与那位脸上带有锯齿状疤痕的妇女见面几个小时后，我遇到了她的丈夫。这位身着卡其色囚犯服的魔鬼带着悔意诉说他如何使婚姻岌岌可危，其见地令人印象深刻；他还发自肺腑地向我诉说他在狱中的情感斗争，讲他在心理辅导课程以及灵魂反省中的所感所得。一时间，他似乎不再那么可恶。

那么，我该如何主持正义呢？我认为不能用简单的公式来定义正义。当真实的人类个体理清纷乱的法律、规定、互相矛盾的故事以及简单而古老的本能时，正义才会发生。

那天上午，正义的全部意义就摆在我的面前。那个女性受害者痛哭流涕，害怕丈夫获释，但是我们两个都知道他总有一天会从监狱里出来——毕竟法官没有判他无期徒刑。我必须回答的问题是：他是否会在我的眼皮底下从前门自由地走出去。

伸张正义不是理论性的工作，我对“我相信什么”的每次回答都会带来实质性的后果。

弗雷德里克·雷默（Frederic Reamer），罗得岛学院社会工作系教授，其研究和教学的领域主要包括心理健康、司法正义和职业道德。从一九九二年开始，雷默在罗得岛假释委员会工作。

我生命中的其他生命

雅美加·里彻

两岁的女儿玛雅刚刚问起有关我们宠物猫的事情。我们的猫死了，玛雅知道这个事实。以前它常因为等她勺子里漏掉的食物等得不耐烦而在餐椅的下面喵喵直叫，现在却无影无踪。她想知道它去了哪儿，现在怎么样了呢？

正是在这一刻，我意识到我必须知道自己信仰什么。

父母非常坦诚地告诉我们：他们不知道人死后会怎样。小时候，我天天思考这个神秘的问题，可能有一年的时间都没睡过好觉，我一动不动地躺在被子里，想象着虚无的未来以及我不复存在的悲哀。那个话题至今依然让我迷惑。我想让玛雅有个更健康的心态，于是开始为她有关猫的问题设计答案。

我想了好一会儿之后告诉女儿说：我们的小猫马丁在田野里。

我告诉她，动物和人离开人世后，通常被埋进土里，他们的身体会变成青草、鲜花和大树。我抚摸着玛雅金黄的卷发，轻轻摸着她那红润的脸庞，想看看她有什么反应。她似乎没什么困扰，可能正兴奋地想着将来某天变成一朵鲜花呢。

我也愣住了。在这次对话中，我真正意识到自己的信仰，似乎如此之多的生活片断——露营之旅、在大自然中的散步、同情之心、对汹涌大海和摩天大厦的敬畏、爱、科学课程、当上母亲——突然汇合成一个坚定的信仰：并不是说我注定要成为植物的肥料，而是在我的生命之外还有更多的生命。我并不是坠落人间、茫然飘荡的孤独游魂，我是地球的一部分，并且不会离开我们的土地——就像角落里的蜘蛛、窗台上的灰尘以及埋在院子里的小猫一样。我看着玛雅边吃燕麦圈边若有所思的样子，感到一种前所未有的平静。我不再感到孤单，相反，一种谦卑之情将我笼罩，而且我满怀喜悦。生与死都在我的身边，包含在我的每次呼吸之中。

后来，我拉上女儿的手，纵使泥巴会沾满双脚，也不放弃春日里的散步。我们看到了太阳下冒出的新草，看到碧绿的山峦在微风中熠熠生辉，看到青花羽扇豆绽放出亮紫色的花朵。即使除了这些别无他物也没关系，因为这儿有生命，每一朵鲜花都绽放着永恒的生命。

雅美加·里彻（Jamaica Ritcher）出生于加利福尼亚

北部，自孩提时代起就喜欢户外活动。她热衷于露营，上大学时学习文化人类学和自然科学。里彻现与家人一起住在澳大利亚，丈夫在那里开展一个博士后项目，研究植物生物学。

明天会更好

乔希·里滕伯格

我十六岁。不久前的一天晚上，当我正忙着考虑一些重要的社交安排，比如周末这两天做什么、跟谁一起玩时，忽然听到父母在讨论我的未来。父亲的声音有些沮丧，他们谈的不是他和老妈以及许多父母操心的常见问题，例如上什么大学、离家多远以及学费多少等。他的沮丧源自担心，他害怕他那一代留给我的是一个前途暗淡、充满险阻的世界——如果这个世界还有前途可言的话。

他是这样说的："将来可能会有一场夺命的瘟疫、一次毁灭性的能源危机、一场全球性的经济萧条，可能还会因为某人一怒之下发动一场核战争。"

我躺在客厅的沙发上偷听着他们的谈话，也开始为父亲描绘的恐怖未来感到忧心。这时，我留意到一些家人的老照片，其中一张是祖父身穿南加州要塞军事学院制服的照片，他是一九四二级的——不是上学的年级，而是参战的年级。挨着他的是曾祖父母的照片，他们是埃利斯岛的移民。看着这些照片，我觉得心里好受多了，他们让我相信：明天比今天更美好，我们这一代要步入的世界不会更差，只会更好。

我想起祖父母和曾祖父母在世时经历的一些可怕事件：两次世界大战、致命性流感、种族隔离以及核弹危机。但是他们也经历了许多美好的事情：两次世界大战结束、小儿麻痹症疫苗被发明、民权法案获得通过。他们甚至看到红袜队两度摘得棒球世界大赛的桂冠。

我相信我这一代也会看到更美好的事情，看到艾滋病被治愈、癌症被征服，看到中东和平，看到非洲粮食丰收，甚至看到芝加哥小熊队赢得世界大赛——也许只看到其中之一。对于今天的我而言，我在未来看到的事物是不可思议的，就像祖父十六岁时听说人类登月和父亲十六岁时第一次接触互联网一样。

小时候，每当我垂头丧气时，父亲总是搂着我承诺说："明天会更好。"一次，我反驳道："你怎么知道?"父亲回答说："我就是知道。"我相信他。我的祖父母和曾祖父母都坚信如此，我当然也不例外。

那天晚上，当我听到父亲对我们这一代的未来感到如此沮丧的谈话时，我真想抱着他，告诉他那句总挂在他嘴边的话："别担心，老爸，明天会更好。"这就是我的信念。

乔希·里滕伯格（Josh Rittenberg）就读于曼哈顿哥伦比亚文法预备学校。在学校里，他喜欢打棒球、弹吉他，并且在一个无伴奏合唱队唱男高音。受电视剧《法律与秩序》的影响，里滕伯格与同学共同创建了模拟法庭俱乐部，还在《新闻日报》上发表了一篇有关家庭作业过多的文章。

自由的思想与心灵

五十年代广播系列之一

杰基·罗宾逊

一九四七年世界职业棒球大赛揭幕的那天，在国歌奏响的那一刹那，我沉浸在一种前所未有的感觉之中。我想：这一刻，国歌为我奏响，同时也是为所有美国人而奏。我终于与其他人一样站在这里，站在美国职业棒球大联盟的赛场上，亲身体验这里的一切。

大约一年后，我去佐治亚州的首府亚特兰大参加一场棒球表演赛。在那儿，赛场上第一次出现黑人和白人同台竞技的场景，除了我之外还有一些黑人选手。那一刻，我觉得自己一直坚守的信念终于变成了现实。

那么，我一直坚信什么呢？首先，人性难以达到完美，但是，只要人类能呼吸、会思考，那些不完美一定会慢慢消失。我认为我们还没有发现完美，更别提日趋完美了。完美无缺不一定是人类社会必不可少的境界。人类活动难以避免残缺、障碍和各种偏见，所有这些都不完美，但是，我们必须去面对这一切。

我遇到的所有拦路虎只会激励我更加奋发图强。但是，如果没有一种个人信念根深蒂固地扎根在心间，如果不相信努力必能换来回报，我可能早就缴械投降。这种信念之所以能够实现，正是因为我们的战斗在一个自由社会打响。我曾经多次不得不面对和翻越难以逾越的障碍，也不止一次步入绝望之境，无可奈何地铩羽而归。但是，我的周围一直活跃着自由的思想和心灵，因此我们才有进步的可能。

现在，看着我的孩子们，我知道还是必须帮助他们做好准备去面对障碍和偏见。但是我也可以告诉他们，由于前人已经付出努力，他们再也不会遇上某些旧时的偏见。我也可以对自己说这番话，因为进步是定律，等他们长大成人时，今天的许多教条应该已经成为过去。我可以这样对孩子们说："你有机会。我不敢确保你能成功，但是一定存在这种可能。"

自由的人永远不会停滞不前，所以这个机会已经出现，再强大的旧逻辑也不会强大得足以挡住人类前进的浪潮。我认为并非各个领域的所有人都能战胜困难，并获得成功，如果能那样就堪称完美。但是，我确实相信——我生命的每个细胞都相信——我之所以能够成功，是因为不管需要多久，我们终究会逐渐将过去的教条抛在脑后，去发现今天的真理，也许还会见证明天的伟大。

我对人类有信心，我相信人类温暖的心灵，相信人类的诚实。我相信自由社会的美好。我相信只要我们愿意为之奋斗——愿意向所有可能出现的不完美宣战，我们的社会一定能够继续美好下去。

我向所有阻止黑人参加棒球运动的障碍宣战。我就是在这一领域里发现了缺憾，也发现在这个战场上我最具备天时地利人和。我知道它不可能是一场注定会输掉的战役，所以我才死命拼搏。我们不可能打败仗，自由社会不允许这种可能性。

退一万步说，我认为我所做的一切都是为了自己，对上帝的信仰让我在战斗中勇往直前。既然自己已获成功，我愿意、也应该帮助别人获得成功。

一九四七年，杰基·罗宾逊（Jackie Robinson）成为美国职业棒球大联盟的第一位黑人运动员，是美国专业运动员种族融合的先驱者。在为布鲁克林道奇队效力的十个赛季里，他参加了六次世界职业棒球大赛，一九四九年赢得国家联盟“最有价值球员”称号。

思考孕育成长

五十年代广播系列之一

埃莉诺·罗斯福

我们的信念是什么，它对人生有何作用？对我而言，似乎很难用言语把这些问题解释清楚。我觉得自己很幸运，因为我在一个笃信宗教的家庭长大。家里人并不把宗教时常挂在嘴边，通常我们会觉得每个人心中都理所当然地或多或少拥有某种信仰，每个人都需要强化这些信仰的力量，而这力量就来自对上帝的信仰和对祈祷的认知。

我是在祖母身边长大的。随着年龄的增长，我对祖母认为理所当然的许多事情产生了质疑。我觉得自己可能有些不近情理，难以相处。直到有一天，丈夫劝我说，既然你了解那些事情对你自己并无坏处，那么何不让孩子们也有机会了解它们呢？他们长大后会自己想明白的。

他的话让我茅塞顿开，或许我们每个人都应该独立思考自己应该信仰什么以及在生活中如何坚守自己的信仰。于是，我得出这样一个结论：人的一生就应该尽己之力做最好的自己。

我不知道自己是否相信未来。但是，我相信我们现在经历的一切一定具有价值，那些经历背后必然存在某些道理，并且，有些事情一定会延续下去。但是，我永远无法决定这些事情发生的具体方式。我们拥有未来——对此我深信不疑，但是如何走向未来？我不知道。我渐渐觉得这一点并不是那么重要，毕竟车到山前必有路，无论未来是什么样子，到了那一天我们必须面对它——就像无论生活中发生了什么，我们都必须去面对一样。真正重要的是要倾尽全力。也许你能力有限，无法帮助别人，甚至自己都举步维艰，但是只要尽了自己最大的努力，你就践行了个体的使命，那也是你今生的成就。

不要担心未来，也无须杞人忧天，这就是我一直努力奉行的原则。我想我多少有点相信宿命。你不得不接受未来发生的一切，并且最重要的是：你要勇敢面对，并且倾尽全力。

埃莉诺·罗斯福（Eleanor Roosevelt），富兰克林·D·罗斯福的妻子，活跃在民主党政治中，曾在丈夫担任美国总统期间协助他制定了新政政策。埃莉诺被视作美国历史上最活跃、最富影响力的第一夫人，她积极倡导种族平等、女性权利及世界和平。

隐藏的天赋

梅尔·鲁什诺夫

我相信我们应该培养自己潜藏的天赋，它可能被埋没，可能与我们谋生的工作毫无关联。

在日常生活中，我是一个在小隔间里安静工作的土木工程师，过着满足而惬意的生活。但是在另一些时候，我是钢琴师，用自己的双手倾情演绎巴赫、莫扎特和肖邦的作品。

在攻读工程学学位期间，我在一个退休人员社区的食堂做兼职服务员。一天在休息的时候，我在一个会客厅发现了一架钢琴。我坐下来，开始弹巴赫的二声部创意曲，悦耳、动人的节奏和旋律立刻回响在整个房间，并传到走廊上。已经听惯了让人麻木的没完没了的无线电广播的老人们试探着在门口瞅了瞅，然后坐下来聆听。

他们简直不敢相信弹琴的竟然是女服务员梅尔，一个青春不再、其貌不扬、毫不引人注目的人。“她会弹钢琴!”“你在哪里学的?”“你弹了多久了?”“你会弹拉赫玛尼诺夫[1]的曲子吗?”

我再去为他们服务时，他们再也不让我安静地快速离开餐桌了。“等一下，梅尔。你觉得古尔德[2]好还是霍洛维茨[3]好?”我说:“古尔德好。”接着我们会开始一场激烈的辩论。

二十多年来，忙于工程事业的我让音乐远离了自己的生活，但是当我发现别人突然展现某种不为人知的创造性才华时，总是情不自禁地想起自己的音乐。在一次假日演奏会上，我听到了一个男高音的声音，他唱得非常动人，让我不禁潸然泪下。那是我听到过的演绎得最感人的《平安夜》。这个美轮美奂的嗓音来自我的同事史蒂夫，我们一起共事多年，他的座位就在我隔壁。

对于史蒂夫，我只知道他的职业，我对许多人的了解也一样停留在表面。自从我被工作吞噬后，我就疲于奔命，无暇顾及其他任何事情。我估计其他所有勤奋工作的人都跟我一样。但是史蒂夫的艺术才华让我想起了自己潜藏的天赋。于是，我又开始练琴，并师从一位优秀的老师，他督促我每周坚持练习，让我的琴艺更上一层楼。

有一次在机场等待转机时，我斗胆在候机厅弹了一首莫扎特的奏鸣曲。人们放慢脚步，有的甚至站在那里聆听，正在看书读

---

① Sergei Vassilievitch Rachmaninoff (1873—1943)，俄国作曲家、钢琴家。
② Glenn Gould (1932—1982)，加拿大钢琴家。
③ Vladimir Horowitz (1903—1989)，美籍俄罗斯人，钢琴家。

报的旅客也抬起了头。我看到了人们的微笑，还听到了阵阵掌声。当我介绍完一项新的商业区工程设计时，没有一个人会投以微笑或报以掌声。

我相信，我们的角色不仅仅是办公室的职员，不只是工程师，甚至不仅仅是父母、丈夫和妻子。我相信，我们的创造力拥有力量和美，它改变了我们，并将我们彼此相连。

梅尔·鲁什诺夫（Mel Rusnov）是康涅狄格州伍德伯雷的土木工程师。她父亲是克罗地亚民间乐团的一员，经常带她去参加家乡克利夫兰的音乐会，正是父亲激发了她对音乐的热爱。除了弹钢琴外，鲁什诺夫还喜欢辅导高中生数学。

我的虫伴

五十年代广播系列之一

卡尔·桑德堡

如果一个人坐下来，苦思冥想“我相信什么?”这个问题的答案，那么，他要么会长篇大论，著书立说，要么就仔细挑选几个深思熟虑的想法，以阐述人类在当下的困境和混乱中应该思考些什么才有益。我相信我们应该每天起床时心态平静，并且满怀希望。再紧张也无济于事，藏在灰尘中的许多虫伴也这样认为。

我记得许多年前圣达菲的一位美丽女士说过：“我真不明白一个研究天文的人早上怎么有勇气起床!”在几十亿年历史的星系中，我们每个个体实在是微不足道，就像不停运动的星团中的一个斑点一样。她的讲法更幽默罢了。

我相信谦逊，对此我可以长篇大论，写成一篇可以讲上两三个小时的老掉牙的布道词。此外，虽然我非常清楚骄傲是七宗罪中最致命的一罪，但我还是相信骄傲。我相信，人类骄傲地祈祷自己能意识到界限的存在，除非你万分谨慎，不然，一不小心就会越过界限，跌入傲慢、虚荣和对影自怜之中，去误用甚至违背性格中的那丝神性。

再没有什么能比林肯写给路易斯安那的一位联邦官员的话更有警示意义的了："我不会故意施恶，因为我要应对的东西过于庞大，即使作恶也无济于事。"

现在我相信一些老生常谈并非不无道理，尤其是那句经久不衰的古老格言："自由的代价是永远警惕。"责任与自由如影随形。我相信，自由人珍视地球正如珍视摇篮与坟墓，他们会珍视造物主的作为，珍惜人类拥有的家园。

我相信自由来之不易——它需要不断的摸索、辛勤的劳动和艰苦的奋斗，甚至需要烈火的考验和痛苦的磨砺。

卡尔·桑德堡（Carl Sandburg）被誉为"人民诗人"，是美国工人阶级的代言人，曾经是传记作家、演说家、报纸专栏作家和民乐歌手。一九四〇年，因其所著林肯传记获普利策奖；一九五一年，获普利策诗歌奖。

当我们想要孩子时

五十年代广播系列之一

玛格丽特·桑格

首先，我相信：我们所有的基本信仰都必须在经验的熔炉中接受猛烈的考验。有时候经历越痛苦，信仰越纯粹。

我的兄弟姐妹很多。小时候我就发现自己最擅长做的事是我喜欢的事情，这种对于种什么花结什么果的认识后来被我称之为“意识的觉醒”。

成年后，一句古老的印度谚语激励着我的工作：“超越自我，但是首先要确保你的精神足够坚强，身体足够健康。”是的，我们要建设，要工作，要制订计划。但是，这些都不是为了自身利益，而是要去“超越自我”——当这个观点渗入血液时，你就会开始放眼将来。

当我第一次对照顾病人产生兴趣时，我开始思考自身之外的那个世界。作为一名护士，我接触的都是病人和体弱的人。我对人体的健康和疾病有所了解，但是在很长一段时间里，生命、婚姻、生活以及存在等巨大的个人问题让我感到困惑。这确实是对“超越自我”的一种挑战。但是，我应该如何着手呢？后来，我轻松地找到了答案。我开始相信，为了更好地理解这些人类的基本问题，我可以有所行动。为了超越自我，首先我必须挖掘自身的毅力、勇气和决心。我要做好迎接异议、甚至嘲笑和谴责的准备，但我也要让自己做好维护这些不流行的信念的准备，我要做好面对法院甚至监狱的准备。不管怎么样，我决心挺身而出，必要的时候可能是孤军奋战，向所有对抗的顽固势力宣战。

大约四十年前，这场战斗打响了。我想帮助的妇女和母亲也希望能够帮助我，她们也希望超越自我，养育健康的儿童，让孩子们成长为快乐、有用的公民。我相信，我肩负着将母亲的职责提升到更高的地位的责任，要使它不再成为女性的囚笼和猝不及防的事故。我深信，我们必须关心他人，我们必须伸出双手去帮助绝望的人。

由于我的这些信仰，我遭到谴责，甚至被逮捕。我几次进出警察局和高级法院，好几年我都身处被起诉的危险之中。但是，没有什么能够改变我的信仰——因为我把自己的信仰视作真理，并且会一直坚守下去。

无论它会对健康带来什么损害，无论它会带来什么样的误解和牺牲，我们必须做一些工作。我觉得那是我的使命。我的哲学和工作丰富了我的生活，让我觉得充实。我的兴趣已经从地方形势和需求扩展到世界视野，当母亲在怀孕前确实想要孩子时，地球上的和平才可能实现。从此，一种新的意识即将诞生，新生的人类将为地球带来和平。我的这种信念经受了生命的严峻考验，但我乐在其中。直至今天，我的这一基本信念依然保持不变。

在为人类命运进行的持久战中，从始至终，我坚信如此。

玛格丽特·桑格（Margaret Sanger）一九一六年创立全美第一家计划生育诊所，当时发表和传播有关避孕的信息还属非法之举。桑格终生倡导计划生育和妇女权益，并于一九二一年创建了美国人口控制联盟，后来该组织演变成美国计划生育联盟。

爵士乐，上帝的笑声

科琳·沙多克斯

我相信，爵士乐是上帝的笑声。

小时候，我总喜欢躺在叔叔的小型钢琴下面，那个时候我就开始听爵士乐了。如果查理叔叔练琴的话，我可以躺在那儿几个小时，自己画画玩。我的身体能够感受到钢琴的振动，满耳朵都是爵士乐。全世界只有这个房间让我最快乐，因为我最喜欢的叔叔允许我进入他的私人领地，但现在回想起来，音乐也是主要原因之一。

我相信爵士乐骨子里的那种乐观主义精神。想象一下《蓝色狂想曲》的头四个音符，你听见了吗？它好像在说："一件前所未有、非同寻常的事情即将发生，你会亲眼见证它。"

爵士乐总是如此。一些歌曲可能让你感到绝望，但它们依然能让你振作起来，这是因为爵士乐记得自己的源头——它源自遭到绑架和奴役的人们。它还源自一种人性，即使每天遭受成千上万种不同花样的打击，它永远不会被打败。这就是人民的音乐。

叔叔那双抚过琴键的双手让我记忆犹新。由于他是一个焊接工人，他的手指上总是带有一些小烫伤。白天，他在布鲁克林海军工厂建造赢得第二次世界大战的战舰。到了晚上，他就为市区成双成对、莺歌燕舞的人们弹钢琴、吹萨克斯。

爵士乐对任何人都敞开怀抱。它远离教条，音乐可以自由婉转。这让你不得不拥有信仰，相信如果自己继续前进，就一定会走到成功的彼岸。

成年后，我的信仰经受了癌症的考验。我不怕死——毕竟这只是一个重大改变而已——但是我非常害怕让孩子失去母亲。我的儿子也叫查理，我特意让他用我叔叔的名字。跟他一起在树林里散步时，我努力控制住自己的眼泪。查理看到了一些小蜜蜂，开始模仿它们的声音，突然，他开始唱"嗡，嗡嗡嗡，嗡嗡"。这是《绿色海豚大街》的头几句，我敢打赌很少有三岁大的孩子知道这首爵士乐歌曲。

谢天谢地，我活下来了。但是，即便我死了，那一天让我明白：我永远不会离开我的查理，就像查理叔叔从来也没有离开我一样。我们三个人共享代代流传的珍宝。我的孩子了解爵士乐，也知道宇宙会让我们所有人最终快乐地团聚到一起。

当今世界充斥着一些丑恶的噪音。不管何时打开电视，我总看到人们互相践踏，争夺道德高地。有时候我不免绝望。但是，在天气好的日子里，我会关掉电视，听点奥斯卡·皮特森[①]。我静静祈祷美国不要忘了我们是《绿色洋葱》、是《串串珍珠》，拥有《上帝般的爱》和《肮脏摇滚》。我们是喜欢路易斯、乔治、迈尔斯和温顿的民族，我们是爵士乐之邦。

我们会成功的，我相信这一点。

即便五音不全，也不妨碍热爱音乐——科琳·沙多克斯（Colleen Shaddox）说她就是一个现成的例子。沙多克斯是作家兼编辑，还拥有一家公关公司，主要为健康保健公司和非盈利性机构服务。沙多克斯与丈夫、儿子和宠物狗一起住在康涅狄格州。

① Oscar Peterson（1925—2007），加拿大爵士乐演奏家、作曲家，七度获格莱美奖。

烧烤多多益善

贾森·席恩

连续几个星期坚持收听这个广播节目后，我知道自己也可以讲上三分钟。我当然不会对世界和平发表观点，也不会谈如何在一个日益错乱的世界寻找意义，我不想选择如此重大、严肃的话题，只想谈谈我的真实信念。

我相信烧烤。那是灵魂的食物，舒适又健康，既能抚慰人心，也能举杯庆祝。心情不错时，我想烧烤；感觉糟糕时，我只想吃更多烧烤。我爱一切烧烤——不管是在什么地方，不管它有什么民族特色，不管是摆在白色桌布上的酱味肋排，还是能让你吃得满手通红的中式外卖烤酱排，还是美国南部最正宗的烤排骨。我相信烧烤就像阳光和美妙的性爱一样，只要有烧烤，整天都美妙。

经过数代人默默无闻的努力，慢烟技术得以传世，有火以来人类就一直在实践着这门艺术——我相信这是艺术。烧烤厨师必须对他的工作了如指掌，知道火与对流的物理原理，明白肉、温度与烟的复杂关系。然后，他必须忘记这一切，达到炉火纯青的境地，把烧烤过程变成一种参禅似的本能。

我相信，烧烤推动了文化的发展，而不是文化促进烧烤。当美国南部为了争取平等和公民权利而战时，最初的一些重大事件不是发生在法庭、学校或公共汽车上，而是在烧烤棚里进行。早在其他公共场所出现种族融合之前，美国南方的餐厅、院落以及公路旅馆已经开始融合了。

我认为好烧烤不需要花哨的东西，而且不管外表怎样，我们已经有了最好的烧烤。用纸碟装烤腿骨肉也不错，还可以用餐巾纸和塑料餐具。我觉得餐馆的菜单最好只有一页纸，写在黑板上更好，否则就有装腔作势之嫌。

我认为，好烧烤一定要有排骨，就像优美的蓝调需要节奏一样。你只需要把握一个原则：喜欢什么菜就上什么菜，但是要确保新鲜。最好有位妈妈帮忙做土豆丁，管好小狗，并且泡上蜜茶，因为妈妈心里有谱——至少比负责论吨包装土豆粉的流水线工人更清楚。

在我看来，真正的烧烤多多益善。瘦子可以吃烧烤，他们也的确在吃，但厨房里应该多准备一些，就像要招待自早饭后就滴水未进的大胖子一样。烧烤剩下来的东西应该可以让我继续吃上好几天。

我认为，吃烧烤时如果你的指甲缝里没有沾上酱，说明你吃得不对。我还觉得如果你的衬衫没沾上点污渍，说明你吃得还不够投入。

我相信——我知道——烧烤永不嫌多。不管是好是坏，或者不好不坏，不管是老式的坑烤式还是高科技、现代化的烧烤，这些都不重要。烧烤不玩花招，没有招摇撞骗，也不会对当代菜肴故弄玄虚，烧烤是真理，它是历史，是家庭。我唯一不信的是——我会厌烦烧烤。

贾森·席恩（Jason Sheehan）是丹佛《西言报》的美食评论家，曾经获得詹姆斯·贝尔德美食大奖。席恩十六岁时在家乡纽约州罗切斯特领略了鸡肉肋排巨无霸大会，从此对烧烤的狂热一发不可收。他钻研厨艺十三年，但是让妻子负责在家做饭。

人民已表态

马克·希尔兹

我相信政治。政治非常有趣，除此之外，它还能和平、合理地解决利益冲突。

我们的国家幅员辽阔，它充满喧嚣、复杂多元。在这样一个国家，我不知道除了政治还有什么别的方式能够解决我们的分歧，让我们和平共处。与武力、金钱和原始数字相比较，妥协是最好的办法，依靠我们选出的政治家的奉献、技巧和智慧，我们才能找到英明、公正的妥协办法。

我喜欢参加公开竞选的人。对我们大多数人而言，生活就是一系列静悄悄的成功或挫败。如果你大获成功，家乡的报纸会大力报道，它决不会补充这样的文字："希尔兹惨遭淘汰，因为他没有回答有关开支账户问题"或者"他在公司野餐会上行为古怪"。

但有人把选举形容为"一日促销"，这个说法非常贴切。如果你是候选人，你的命运会上头版头条，周二晚上八点，你将体验胜利的狂喜或者忍受落败的痛苦。不管是你在阅览室看书时遇到的邻座，还是曾经一起参加四人约会的人，或者你曾经帮助照看过小孩的人，所有人都会知道你是胜出还是落选，后者的可能性更大。政治家敢于冒遭受公众弃绝的危险，而我们大多数人都唯恐避之而不及。

年轻时，我曾经效力于四场失败的总统竞选活动，并且作为记者对过去的七场竞选进行了报道。我非常敬佩那些能够用幽默和风度来面对失败的候选人。从来没有人像迪克·塔克那样从容面对他的失败——在输掉加州参议员初选后，他只说了一句："人民已表态……那帮混蛋。"

但是我相信那些勇敢的政治家。在海军陆战队新兵训练营的帕里斯岛上，我第一次与非裔美国人同住一个地方，第一次接受非裔美国人的命令。正是总统哈里·杜鲁门利用自己的政治勇气结束了美国军队的种族隔离，因为他相信：公平是我们民族价值的核心。

我还敬佩罗纳德·里根的勇气。一九七八年，迈阿密、圣保罗以及俄勒冈的尤金的投票人对同性恋的歧视非常普遍，加利福尼亚保守派支持的全民投票禁止同性恋者在州公立学校任教，如果不是罗纳德·里根对抗成功，这项法案可能会获得通过。罗纳德·里根反对公共生活中出现这样的偏执。

我相信的政治起草了《退伍军人权利法案》。我相信的政治通过了重建被战争毁坏得满目疮痍的欧洲的马歇尔计划。我相信的政治挽救了大湖区。我相信的政治通过了社会保障法，让老年人远离匮乏和恐惧。我相信的政治教育我们要对前仆后继者心存感激。我相信的政治让我们得以享受“前人栽树、后人乘凉”之福。

像普通人一样，最糟糕的政治家也可能是以自我为中心的卑鄙无耻、贪污腐败之徒。但是我相信最好的政治能够帮助我们建立一个强者更公正、弱者更安全的社会。

马克·希尔兹（Mark Shields）在政界工作了四十多年。他最初的工作是担任威斯康星参议员威廉·蒲克斯迈尔的助理，后来参与了四次总统竞选活动以及许多州级、国会级的竞选活动。希尔兹还是美国公共广播公司《新闻纵横》节目的政治评论员。

力盛险生

五十年代广播系列之一

华莱士·斯特格纳

要坦诚公布自己内心真正相信的东西，不带矫揉造作，远离虚言妄语，这真是一件非常困难的事情。沉默寡言或者隔靴搔痒式的公开坦白可能扭曲真正想说的话或者让它变得不真实。对信仰的公开表述与鼓舞人心的活动密切相关，实际上它们常常源自某人振奋人心、鼓舞士气的愿望，因此，信仰变成福音。

坦白说，我的信念既不鼓舞人心，也不具备福音书的性质。我怀疑充满激情的信仰，因为它绞死过女巫、烧死过异教徒。一般情况下我更同情女巫和异教徒，而不是绞死和烧死他们的宗派主义者。我害怕过分的热情，害怕基督徒、穆斯林、无神论者之类的人，因为过分热情限制了人类的理解力，妨碍人类明智地调解分歧，并以武力方式创造出一种正统信仰。

尽管我信奉的行事原则都是耶稣基督所大力倡导的，但我不能说自己就是一个虔诚的基督徒。我不了解上帝，我觉得自己根本无法了解他。

不论我在节制这方面还有多少不足，我知道节制是我最坚信的一种品质。但是同时，我也深信一切基督教对品质的教导和传统美德，例如善良、慷慨、坚定、勇敢等等。我还认为，善并不取决于事物本身，而是取决于我们如何利用它们。不管是爱还是原子能，任何威力无穷的事物都危险，它们制造的恶与善不相上下，只有在我们的控制、约束和智慧的指引下，它才能变得美好。这种控制大部分是社会性的，是法律、政治机制和暴力机关强制执行的。但是我们也需要个体的力量。我们无法逃避自己的所作所为带来的全部责任，我们要自控，承担自己的责任。回报我们的不一定是金钱或权力，尊重自己和别人足矣。

说了半天，我想说的就是：我相信良心。它不是某位神灵根植在我们心中的东西，而是我们自婴儿期从传统和社会生活中耳濡目染得来的东西。不同的国家拥有不同形式的美德，老派中国学者或者在《吠陀经》和《薄伽梵歌》的熏陶下长大的印度人信奉的美德可能与我的迥异。但是，从本质上说，构成人类美德的元素是一样的。中国人、印度人和我一样知道什么是善良、什么是慷慨、什么是坚韧。他们对于正义的定义也一样准确。只有当地区和教派的狭隘蒙蔽了我们的双眼时，我们才会固步自封，只在自己同胞身上发现善。

人类是非常伟大的动物，也是非常神秘的动物，这种伟大和神秘让我们骄傲，能引起共鸣，同时又让我们全心为之神往。我渴望做的事情太多，穷其一生也无法全都实现，有时候也会让自己的良心失望，但是即便不听从良心的指引，我也不会对它产生怀疑。不论如何，活着就足以让我欢喜雀跃。当我有足够的智慧去思考它，我对于自己是人类的一员、是美国人的一分子而感到万分骄傲——“人”和“美国人”这两个词中包含的权利和特权让我自豪。更重要的是，在匹夫之责面前，我是谦卑的。没有责任，就没有权利。我比世界上的大多数人都幸运很多，因此，我也应该履行更多的义务。

华莱士·斯特格纳（Wallace Stegner），小说家，教育家，共发表三十多部小说、短篇小说集、散文以及历史著作。《大糖果山》是他创作中最受欢迎的小说作品之一，《安息角》获得一九七二年普利策小说奖。斯特格纳的作品大多关于美国西部，他为保护西部而战。

先天还是后天

格洛丽亚·斯泰纳姆

先天重要还是后天的教养更重要？是社会使然还是遗传的力量？在我们的时代进行的这场伟大论战中，保守派倾向于前者，自由派则支持后者。我觉得这个问题本身就是错误的，自然和教养两者都发挥着作用。下面我来说说理由吧。

直到十二岁左右我才上学，父母觉得乘房车旅行与坐在教室里一样能得到启发。因此我没有受到我这一代人的典型教育，例如，美国是第一个白人登陆后被“发现的”、男孩和女孩有巨大区别、教科书上有关欧洲的内容应该超过非洲和亚洲的总和等等。

相反，在我的成长过程中，我用自己的眼睛去看，遵循自己的好奇心，爱上书本，并且大多在成年人的陪伴下成长——除了书本之外，所有这些都是人类大部分历史上孩子们接受的养育方式。

不消说，学校把我打击得晕头转向。我没有做好面对过分强调性别差异、种族和阶级复杂性的准备，诸如战争和男性领导人是人类本质的一部分的观点对我而言也是闻所未闻。很快，我投降了，成为一个希望得到赞赏、努力从众的年轻女孩。这个阶段一直持续到我大学毕业。

我的重生应该归功于在印度生活的那几年。在那儿，我与一群甘地主义者为伍，后来，我为肯尼迪家族效力，还参加了民权运动和反对越南战争的抗议活动。

但是，包括我在内的大多数女性都囿于我们的传统角色之中。但是，当我们凝聚到一起、聆听彼此的故事、从共同的经历中学习经验教训后，我们变了。很快，一场国内、国际的女权主义运动开始挑战传统观念——发生在男人身上的事情都是政治的，发生在女人身上的事情则是文化的，政治可改，文化不能变等等。

我感觉好像回了家，仿佛突然从一场虚幻的梦中清醒过来。并不是说我觉得自己的个人权威比外部权威更重要，但是个人权威也并非不重要。我们既是社会的人，也是独一无二的自我，而不是非此即彼。

自那之后的几十年里，我留意倾听孩子们在社会角色冲击前后的看法。面对一些不平等时，孩子们会说："这不公平！"他们似乎对于怜悯和合作抱有一种原始的期盼，正是这二者帮助人类幸存下来。但是随着孩子们进入青春期，社会压力要么满足这种期盼，要么使这种期盼更加望尘莫及。我怀疑对公平的本能渴望——或者尚存人间的一点点公平——是社会正义运动发展的根源。

所以，我不再相信保守派的主张，他们认为孩子生来自私，是具有破坏性的动物，需要统治者或者严格控制来对他们进行教化。相反，我认为正是统治者和痛苦的控制造就了具有破坏力的人。

我也不再相信自由派的主张，他们认为孩子是一块白板，社会可以在上面任意书写。我认为每个人心中都有一个独特的内核和自我，它是环境和遗传综合作用的结果，它的发生无法预期，并且不管是过去还是现在都无法被重复。

真正的答案是先天遗传与后天教化的平衡。如果花在倾听孩子声音上的时间与跟他们的谈话一样多，会发生什么？或者，如果在养育孩子的过程中只有尊重，没有暴力，又会发生什么呢？

在我们这个“航天飞船地球号”上可能发生什么？我相信，我们一无所知。

格洛丽亚·斯泰纳姆（Gloria Steinem），记者，女权运动、和平和民权运动中的社会积极分子。二十世纪五十年代末她获得资助赴印度考察，之后就开始为女性和贫困人士的权利而战。一九七二年，斯泰纳姆创办了《女士》杂志，著书四部。

生命、自由与追求幸福

安德鲁·萨利文

我相信生命。我相信我们应该珍视它，把它当作神秘之物，一种我们永远无法完全参透的神秘；把它当作神圣之物，永远不会遭到毁坏的神圣；当作邀请——邀请我们去体验今天，并把今天的体验变成明天的回忆。我相信生命不可分割，相信春天的新芽与垂死病人眼中闪烁的火花意义相通，相信全盛时期的运动员与四肢瘫痪的老兵心意相连，相信子宫中的胚胎与孕育生命的母亲命运相关。

我相信自由。我相信每个灵魂都具有向善的本质，我相信每个个体都具有不可剥夺的远离强权的权利。我信任最强调自由的政府体制，它执法的唯一目的是保护那种自由；它支持个体去对抗以家庭、部落、宗教和民族为借口的强取豪夺；它首先看到的是无辜而不是犯罪，先看到尊严而不是耻辱。我相信私有财产权，相信人们有权保护自己的财产，反对政府通过增加税收抽丝剥茧式地将它夺走。我相信言论自由，人们有权去冒犯、亵渎神明，同时也有权改变信仰，充当证人。我相信这些自由密不可分——不管是正统派基督教徒还是无神论者，不管是男是女，不管是黑人还是亚洲人，不管是同性恋还是异性恋，所有人都拥有这一自由。

我相信对幸福的追求。我想说的并不是指获得幸福这一结果，也不是它的终极意义，而是追求本身。我相信过程而不是结果，喜欢对话而不是独白，喜欢问题而不是答案。我相信我们应该永远怀有一颗宽恕之心去努力重塑自我和互相挑战，要明白我们没有一个人能斩钉截铁地说清幸福到底是什么，但是每个人都有追求幸福的动力。我相信惊喜，相信痛苦过后的平静，相信放逐之后能踏上回家之旅。

我相信这样的国家——它信奉生命、自由和幸福，它只承诺自己会更人性化，但又从来不保证自己不会食言。一开始我们就明白失败难免，但是在失败中蕴藏着重新开始的可能性，存在着一种古老的新意，一种重振自我和文明的方式。很少有人能预见这些方式，有一天会被许多人遗忘。但是，重点是现在，这个国家是——美国。

安德鲁·萨利文（Andrew Sullivan）出生于英国，曾经在牛津大学和哈佛大学求学。二十七岁时，他成为《新共和》的主编，任职长达五年之久。萨利文还是一位作家、评论家和博主，关注政治和社会问题，倡导同性恋权利。

永远不要缺席葬礼

迪尔德丽·萨利文

我相信我们永远不能缺席葬礼，这是父亲教我的。

我十六岁，父亲第一次直接告诉我这句话，当时我正想方设法避免参加教过我五年级数学的爱默生小姐的追思会。我真的不想去，但是父亲严肃地说："迪迪，你必须去。永远不要缺席葬礼，这是为了逝者的家人。"

当我进入灵堂时，父亲一直在外面等着。里面的场景比我想象的更糟糕：我是那儿唯一的孩子。当哀悼的人群把我带到爱默生小姐悲痛欲绝的父母面前时，我结结巴巴地说出了脑海里反复念叨的安慰之词："我对这一切感到非常遗憾。"然后我赶紧跑开。但是，这句二十年前说出的表达同情的奇怪之语却使爱默生小姐的母亲至今还记得我的名字，她每次对我说"你好"时，总是禁不住老泪纵横。

那是我第一次在没有大人陪伴的情况下参加追思会。但是在那之前，父母已经带着我们参加过多次葬礼和追思会，并且认为这是一件很自然的事情。十六岁前我已经参加过五六次葬礼。参加葬礼的经历中让我印象深刻的有两件事，一是有大量免费的薄荷糖吃，二是父亲在回家路上说的话："孩子，有生就有死。永远不要缺席葬礼。"

听上去很简单——当有人去世时，开车去参加追思会或葬礼，这个我能做到。但是，我觉得参加葬礼是一项个人哲学，其意义应该远不止这些。

"永不缺席葬礼"意味着即使确实不想做某事，但我还是必须去做正确的事情。当我遇到并非是非做不行的小事时，我也确实心不甘情不愿，但在面对一些在我能力范围之内的事情时，我不得不提醒自己这一点。我说的是那些只会给自己带来不便、但对他人意义重大的事情。比如说，出席人数寥寥的尴尬的生日聚会；玩得正兴高采烈时不得不去医院探访病人；对我前男友叔叔的去世登门表示哀悼等。在我的平凡生活中，日常矛盾虽多，但并不是善恶大战。生活并不像史诗一样波澜壮阔，大多数时候，我真正的斗争就是要么做好事，要么什么也不做。

通过参加葬礼，我已经明白，与其等待做出一些伟大的英雄壮举，不如坚持做那些让我略感不便但又让我分担生命中难以避免的灾难的小事情。

三年前，在一个寒冷的四月的夜晚，父亲因患癌症去世。他走得很安详。葬礼安排在周三，工作日的正中间一天，我一直恍恍惚惚，沉浸在悲痛之中。不知道为什么，在父亲的葬礼上我偶然回头看了一下教堂里的人。当时的场景至今仍让我震惊，那是我见过的最温暖、最伟大、也最令我感动的一幕：周三下午三点的教堂里，坐满拨冗前来参加葬礼的人。他们也相信：不要缺席葬礼。

迪尔德丽·萨利文（Deirdre Sullivan）在纽约的希拉丘斯市长大，在去西北大学法学院求学前，她曾游历世界，做过各种工作。萨利文现居布鲁克林，是一名自由律师。萨利文说父亲给她和家人的最大的礼物是帮助他们面对他死亡的过程。

喂猴子，保发达

哈罗德·托

可以说，我相信美国，因为它让我家人的辛勤工作有了回报，让我们战胜贫困。可以说，我相信坚持仪式和传统，因为它们帮助我们在一个新国家发展壮大。但是，如果要更具体地表达这些概念，我会说："我相信在生日那天去喂猴子。"这件事情我已经坚持做了三十五年，风雨无阻。

在我出生时，一个独自隐居在缅甸丛林里的瞎眼和尚预言说我的出生会给家人带来巨大的财富。为了确保这种财富降临，我必须在生日那天去喂猴子。

尽管听上去很迷信，但是这种做法有一种因果报应的意味。生日基本上是自我享受的一天，但是在那天，我必须考虑家人，并且喂养另一种活生生的动物。那位和尚从来没有想过这种仪式可能变成一种负担。在缅甸的丛林里，猴子像鸽子一般常见，他可能不得不将它们赶走，免得它们糟蹋糯米和芒果。不过在美国，喂猴子意味着违规。

小时候，我觉得那样做很酷。通过收看粗制滥造的电视节目我学习英语，觉得自己就像《功夫》中的虔官昌，只不过我是奉命保卫家庭而已。在我生日那天，父亲和我会早早地到达动物园，趁还没有人，我偷偷地把花生扔给猴子们。

在十八岁生日前，我从来不需要自己做什么解释。但是十八岁生日那天，父亲不再陪我，我必须自己解决问题。我和几个朋友一起到达动物园时，已经关门十分钟了。

“求求您了，”我央求着动物园管理员，“我是为了家庭喂猴子，不是为我自己。您能不能破次例?”

“去找个宠物商店吧，”她说。

说得倒容易。不过那一次，我运气不错，我发现一个高中同学在为电影《走出非洲》训练猴子，因此他让我去喂他的猴子。我还有过其他侥幸经历。一次，一个养宠物猴的人觉得我的故事只不过是个幌子，怀疑我是去释放他的猴子的动物保护主义者。还有一次，一家动物园告诉我说，如果外面的人去喂他们的猴子，就会违反动物园管理员的劳资协议。此外，我还在一家宠物商店喂了一只被关在鸟笼里的小狨猴。还有一次，我按照要求穿上防传染病外套，喂了一只实验猴。

尽管很不轻松，但是，我还是想方设法在出生后的每年生日那天成功喂到猴子。

我们的家庭在美国兴旺发达。我相信通过遵守家庭仪式，通过在生日那天喂养猴子，我确保了这种发达。我真的那样想吗？也许吧。但是我相信家庭，也相信应该竭尽所能践行那种信念。

哈罗德·托（Harold Taw），律师，现已暂停法律事务，专心写他的第一部小说《K歌之王历险记》。他与妻子住在西雅图。今年，托已经与当地的一家动物园达成特殊协议，可以在生日当天去喂那里的节尾猴。

我赞同一位异教徒

五十年代广播系列之一

阿诺德·汤因比

我觉得，一些人对一些事能够言之凿凿，但是我也认为那些可以感知的事物并非对所有人都是最重要的。优秀的数学家可能知道有关数字的真理，杰出的工程师可能知道如何让物理为自己的目标服务。但是工程师和数学家首先是人，所以，对他们而言，最重要的不是知识和技能，而是人际关系。对我来说也是如此。我们不一定都要成为工程师和数学家，但是我们必须与其他人打交道。因为人际关系是对错交叉的舞台，我们的人际关系是生命中真正重要也是真正困难的事情。

我认为，对于孰对孰错，我们并不完全明白。即便我们知道，我觉得我们也要费尽力气才能不考虑自已的利益和意愿去做我们知道肯定正确的事情。事实上，我们必须努力判断什么是对的，即便我们不太确定，也要努力让自己去坚持、去行动。

正因为我们从来都不确定，我们才要努力做到宅心仁厚、从谏如流，知道我们可能也会犯错。与此同时，我们还要意志坚决、精力充沛，以做到行之有效。在努力做正确的事情时，既要追求效果，又要心怀谦卑和仁慈，这非常难。但是，努力做正确的事情更难，因为这意味着孤军奋战。

的确，努力从善意味着孤军奋战，因为我们每个人从根本上认为自己才是宇宙的中心和目的，反映到行动上也是如此。但是，我敢说我不是那样的人，如果我的行为表现出那样的特征，我肯定错了。所以，一个人必须自始至终与自己斗争，这就意味着我们不仅难以避免痛苦，而且它还是生命教育中不可或缺的一部分，如果我们都能学会如何从中受益就好了。我认为每件值得去争取的事情肯定要付出痛苦的代价，我当然知道我这种信仰从何而来——因为我碰巧出生在一个信奉基督教的国家。

基督教还让我坚信爱赋予生命意义和目标，有了爱的指导，即使痛苦也值得。但是，坦白说，我不是传统意义上虔诚的基督徒。自己的宗教、文明、国家或家庭是上帝的选民这一想法是错误的，正如我想象自己就是上帝一样。西马库斯认为胜利的基督教必须包括宽容，我同意这位异教徒哲学家的观点。最后，我想引用他的一句话来结束我的文章："宇宙如此伟大，解释它的方法怎么可能只有一种?"

阿诺德·汤因比（Arnold Toynbee），英国历史学家和历史哲学家，现代希腊史和拜占庭历史教授，也是一九一九年和一九四六年巴黎和会的代表。他最负盛名的作品是十二册巨著《历史研究》。

挑战感知的局限

约翰·厄普代克

一个人在不同的时间——即使在同一天——相信的东西也不尽相同。七十三岁时，我似乎最本能地相信创作性写作的人文价值，不管是诗歌还是小说，它们是讲述真理、表达自我的方式，也是向创作和意识这两大双生奇迹致敬的方式。与事实报道和客观分析的价值不同的是，精确是这些间接沟通方式的特别价值。奇怪的是，小说或诗歌让我们更接近实际的复杂体验。

在小说中，虚构人物比我们从捕风捉影的传言中知道的名流更真实——因为名人故事的起因和微妙后果必须被藏在幕后。我们完全理解诸如安娜·卡列尼娜和爱玛·包法利等虚构人物，她们引起我们的共鸣、同情和怜悯。根据我的写作经验来看，只有小说——偶尔还有诗歌——才能完全挑战知识和感情的局限。即使在坦诚写下这样一篇关于信仰的简单文章时，我也要尽力避免让自己的观点简单化和个人化。

同时，我还本能地相信美国的政治实验，这可能会引起一些人的反驳。我认为它实际上就是相信公民有了解自己的思想和最佳利益的能力，“在被统治者同意的前提下进行统治”——这就是理想。尽管在执行时可能难免偏差，也存在值得商榷之处，尽管极权主义或者技术官僚政府能够取得立竿见影的效果，但是最后只有民主政府才能让人民的能量得以持续和再生。我们应该在最少法律的社会框架内保证个体的最大自由，这肯定能带来希望，即使不是幸福本身，也至少能让人满怀希望去追求幸福。

在宇宙观上，我似乎有些拿不定主意。唯物主义科学能够解释一切，从银河系的活动到分子、原子及其亚微观成分的活动，其力量不容置疑，这也构成现代人类最大的荣耀。另一方面，我们的存在难以摆脱主观感觉、欲望甚至幻觉，各派宗教试图对这一切进行解释、组织和抚慰。我相信，宗教是我生命中不可或缺的一部分，它也将伴随人类继续存在下去。

约翰·厄普代克（John Updike）凭借其关于哈里·安斯特洛姆的“兔子”系列故事两度获得普利策奖，他还是著名的诗人、散文家、文学和艺术评论家。厄普代克在宾夕法尼亚乡间长大，现居马萨诸塞。[①]

① 原书出版后的二〇〇九年，厄普代克去世。

你相信神秘吗

劳登·温莱特

让我问问你：你相信神秘吗？相信你不明白也无法证明的事情吗？我们小时候总是喜欢相信一些神奇但可能毫不真实的事情——例如牙齿仙女、复活节兔子等等。通常，在幻觉破碎后我们会感到失望，但是我们一般都能从中缓过来。尽管如此，总有一些人会变得多疑，甚至愤世嫉俗。

在多个场合很多人曾经问我是如何写歌的，我常常不假思索地说："我当然不是一大早就起来削铅笔。"然后我会说自己多么懒，又是多么幸运，说起那些更闻名遐迩的削铅笔的人是多么成功、多么伟大——其中有两个是我崇拜的对象：弗兰克·罗瑟①和欧文·柏林②。

如果我谈兴正浓，我还会谈起神秘的部分，那最为重要的百分之五至百分之十——也就是人们常说的"灵感"。技巧和训练是无法产生灵感的，当削完铅笔、冥思苦想之后，灵感就会“自然涌现”——他们是这样说的。这就像钓鱼，真的，中间肯定有运气的成分，但是，也许被你当作懒惰的东西恰恰是一种极佳的放松（说这话可能有点冒险）。

当我写下一首自认为不错的歌，觉得这歌还说得过去，并且努力把这条鱼“弄上船”之后（打个比方），我总会抬起头来感谢某事，甚至某个人。如果周围没人，我常常还会说出衷心感激之辞。有人曾经看到我在感恩节晚宴上喃喃致辞，或者在婚礼、葬礼或圣诞大游行上嘶哑地嘀咕一句“阿门”，但是，这通常只是一种尴尬时的应酬话。一般而言，我不在宴会或者教堂里致谢辞，对我而言，我只会在弯着腰弹几个小时吉他后说“谢谢”。

我相信灵感的力量，相信神秘的创作天赋——这种创作指的是工作中的一般性创造，就像收获一天劳动的成果一样。写出一首歌后，我会高兴好几天，这当然不仅是庆幸自己还没失业——虽然这也是其中的一个原因。我觉得，大多数时候，我快乐是因为经历了一场真正的神秘。至于它怎么发生的，在哪儿发生的，因何而起，我毫无概念，我也不想知道。实际上，我觉得不谈为妙——别把鱼儿吓跑啦。

---

① Frank Loesser（1910—1969），美国著名抒情歌曲作者。
② Irving Berlin（1888—1989），美国作曲家、流行音乐词作家。

劳登·温莱特（Loudon Wainwright），歌手、词曲作家兼演员，已经录制了二十多张专辑，曾两次获得格莱美提名。温莱特在纽约的威彻斯特长大，童年在加州比佛利山庄度过。

应对挑战，创意无限

弗兰克·X·沃克

我认为，我们通常称之为求生技巧的东西不过是源源不断的创造力。

每当想起母亲如何把我们七个孩子抚养成人，并让我们觉得每天都是“不同的大餐”时，我依然不胜感激，并且非常敬佩这样一位能用一个土豆创造神奇的大厨。

她的创意不光发生在厨房里。她会架起古老的辛格牌缝纫机，研究书报杂志上的图画，做出各种异国风情的洋娃娃和布绒玩具，然后拿到教会筹款活动上卖。家里没有电视，因此我们也没什么好娱乐的，于是就用一把一把的棉花把洋娃娃的空袖子填满，让她们变得栩栩如生。

母亲的衣服都是自己做的，姐姐参加舞会的裙子和婚纱也都出自她的一双巧手。我总是知道母亲何时在缝东西，因为她会边缝边唱歌，或者哼首小曲儿。她还通过函授学习了插花艺术和室内装潢，其间也是一路唱过来的。她让创意变得像呼吸一样正常，也鼓励我们以创意面对生活。她总是这样告诉我们："懒惰的双手和头脑是魔鬼的工厂。"

我认为快乐的孩子是自由的孩子，他们拥有表达、发现和创作自己的"冰箱门"杰作的自由。我还记得，每年圣诞节我会把蛋彩画油漆和洗衣粉混合起来做成颜料，然后在巴斯金-罗宾斯冰淇淋店的橱窗上画画。这不是为了钱，而是为了能够吃到所有口味的冰淇淋。每当看到有人抬头看窗户并露出微笑时，我知道这是对我的最大奖赏。

我认为最优质的生活总是充满艺术和富有创意的表达，并且所有人都可以做到。我认为艺术和艺术家的定义应该很宽泛，理发师、厨师、汽车零售商、水管工以及园丁与设计师、建筑师、画家和雕塑家具有同样的艺术权利。每天，我们的街头和校车都会变成艺术展览馆，我们可以从完美的爆炸头、蜿蜒的蜈蚣辫以及令人侧目的鞋带系法中看到创意。

我的第一件艺术藏品是一整箱的漫画书。青春期的我脑子里满是遥无边际的想象力，我最喜爱的两个卡通人物是黑豹，这个只有智慧、不具超级能力的人和卢克·凯奇这位刀枪不入的雇佣英雄，他们一直激励着我。当我被人冠以"书呆子"的绰号、当我的厚眼镜成为周围人们嘲笑的对象时，我一言不发，在大脑里创作着年轻但又真正"英雄"的押韵双行式诗句。

上中学以后，文字继续成为我的首选武器，也变成自我救赎的一种方式。生活中的许多挑战都需要富有创意的解决方案，我相信所有形式的创意都能够改变我们的思考和行为方式。歌颂我们周围的创意帮助我们保持清醒、时时开心。

弗兰克·X·沃克（Frank X Walker）是东肯塔基大学英语系的副教授，发明了“阿帕拉契人”一词，用以特指住在阿帕拉契山脉的非裔美国人，还帮助发掘了一批阿帕拉契诗人。沃克已发表三部诗集，二〇〇五年获得莱南文学奖。

善亦有因

五十年代广播系列之一

丽贝卡·韦斯特

我相信自由。为了世界的健康，每个人都应该能够畅所欲言，并随心所欲地做自己力所能及的事情，这是因为每个人对于生命都有自己独特的理解，每个人都是独一无二的个体。他拥有绝无仅有的身体和精神，还拥有与众不同的境遇，所以他肯定能够教我们一些哪儿都学不到的东西。

我真希望我只是在评论政治时相信这一点，但是，作为一个有家庭和朋友的女人而言，我也相信如此。我认为它不会让生活更容易，但是它也并不意味着听任他人为所欲为。如果你放任一个人说他想说的、做他愿做的，总有一天他的言论和行为会妨碍别人的言论和行动自由。

因此，我生活中的主要问题就是如何平衡各种互相抗衡的自由。这需要一系列非常精细、永无止境的思考，我们必须将这一原则运用到人际关系中去，每个人都知道，那种情况下，爱是最为通用的方法；但是，如何有效利用爱则是一门大学问。社会关系也必须利用这一原则，在那种情况下，政治家们所说的法律的约束力便要发挥作用了。我们必须遵从一种相互的义务感，如果没有那种感觉，我们就需要一套值得信任的法律体制去替代义务感。

年轻时的我既不懂爱的困难，也不懂法律的重要。我在一个叛逆的世界长大，我自己也是一个叛逆者。我曾经认为人性本善，人们拥有和谐的人际关系，并且法律是一架笨拙的机器，它要严厉惩处一些人，而一旦我们消灭了贫困，那些人就会停止犯罪。我们都非常肯定，要不了多久人性就会变得完美。

是的，我记得十一岁左右时，家里来了一个刚从俄罗斯回来的客人，她向我们描述了她亲身经历大屠杀的经历，说她亲眼看到哥萨克人在大街上鞭打犹太人。我记得当时我的想法是："现在我可千万别忘了这件事。等我老了肯定有人想听这样的事情，因为到那时候这种事情肯定早已绝迹。"当我们这代人发现在当今世界的许多地方这种事情简直变成家常便饭时，你可以想象我们感到多么震撼；尽管这种屠杀非常恐怖，但是与今天千百万人所遭受的痛苦相比较而言，那真是小巫见大巫。

我的同胞们是这种恐怖的始作俑者。我现在意识到这个地球上所发生的善事并不是理所当然的，它必须由爱来创造，并受到法律的制约。但是，当我们沉溺于残忍之中时，又该如何去爱呢？既然腐败已经成为一种人类惯例，我们如何让法律免遭腐败呢？

随着年龄的增长，我越来越确实感受到上帝的存在。我知道宗教提供了一种与上帝沟通的技巧，但是我觉得要掌握那种技巧非常困难。我希望通过写作我能找到一条通往真理的道路，但是我也知道，如果想让自己的写作具有价值，我必须把上帝放在心间。这并不容易。实际上，它比当一个愤青更难。不论如何，我提醒自己：除非自己降生在另一个宇宙里，否则我就别想活得轻松。

丽贝卡·韦斯特（Rebecca West），批评家、记者、小说家、女权主义者，她最为著称的可能是对纽伦堡纳粹战犯审判的研究，并因此被总统哈里·杜鲁门称为“全世界最优秀的记者”。一九五九年，韦斯特被封为大英帝国二等女爵士（相当于爵士勋章）。

凡人伟绩

乔迪·威廉姆斯

我相信，平凡人也可能做出不凡之举。对我而言，平凡与超凡的人之间的区别不在于他们的头衔多么不同，而在于为了使这个世界更美好他们作出了什么贡献。

人们为何选择自己的工作？对此我一无所知。小时候，我不知道长大后想干什么，但是我清楚地知道不想干什么。长大，然后生两三个孩子，结婚，住在一个有白色栅栏的大房子里，诸如此类的——这可不是我想要的生活。我也从来没想过要当一个活动家，甚至不知道活动家是什么。

哥哥生下来时就听不见，我长大后以保护他为己任，我常常想正是这一点造就了今天的我。

一九九一年底，有人找到我，提议发起一场反地雷运动。那时，我们只有三个人，挤在华盛顿特区的一间狭小办公室里。我当然非常清楚如何开始一场运动，但是如果没人在乎该怎么办？如果没有人回应该怎么办？但是，我知道这些问题的唯一答案便是接受挑战。

如果我手中有任何个人权力的话，那是因为我与世界各国的其他人一起合作。我们都是平凡人：来自亚美尼亚的朋友杰玛、来自加拿大的保罗、来自柬埔寨的地雷幸存者科萨尔、来自黎巴嫩的哈布巴、来自挪威的克里斯蒂安、来自哥伦比亚的戴安娜、来自乌干达的另一位地雷幸存者玛格丽特等，我们齐心协力来促成一个伟大的改变。地雷运动并不仅仅关乎地雷，它其实是与政府以不同方式合作的一种个体力量。

我相信我有权利和责任去建设一个不再颂扬暴力和战争的世界，一个努力为我们共同的问题找到不同的解决办法的世界。我相信在当今世界，敢于说出自己的观点、敢于从各种资源中发现信息就是一种勇敢之举。

我知道，拥有这样的信念并且将它们公之于众不是件轻松自在的时髦的事情，对这个经历了“九一一事件”之后的世界尤其如是。但是我认为生活并不是一场流行比赛。别人怎么说我、怎么看我，我真的不在乎——他们已经说得很多了。对我来说，生活就是努力做正确的事情——即使没有一个人关心这件事。

我相信，对于毒害我们的地球的问题仅表示担心但不采取任何行动是一种完全事不关己的态度。改变这个世界的唯一的办法就是采取行动。

我相信，话是说起来容易。我认为真理存在于我们的行动之中。我相信，如果越来越多的平凡人付诸行动，帮助我们实现让世界更美好的愿望，那么，凡人定能创伟绩。

乔迪·威廉姆斯（Jody Williams），“国际禁雷运动”组织的创建人，一九九七年获得诺贝尔和平奖。之前，威廉姆斯致力于萨尔瓦多、洪都拉斯以及尼加拉瓜的人道主义工作。一次，她出地铁站后，有人递给她一份有关国际行动主义的宣传册，她的倡议之旅就此展开。

编后记

《我相信》的历史：理念的力量

丹·格迪曼

那是二〇〇三年三月的一天，由于感冒我在家休息。我把床头柜上的书都翻了个遍，但还是想找点别的东西看。在妻子的书架上，我发现了一本以前从来没有见过的书，书名是《我相信》。书脊上的几个字引起了我的注意："写给爱德华·R·默罗。"

瞟了一眼后，我估计这本五十年前的讲述"一百位来自各行各业的男男女女的人生哲学"的书可能索然无味，并且早已过时。但是我错了，它非常及时。

翻开默罗写的序言，让人感觉他正在报道今天发生的事。他谈及一个"异议被当作颠覆"、人们的信仰和行动"受到调查"的时代。我们很可能在二〇〇三年的编者寄语里读到类似的话，当时美国正整装待发，准备攻打伊拉克，打击那里的恐怖分子以防他们来这里攻击我们。此外，《爱国者法案》正是争论的焦点，这让我们想起麦卡锡年代。

很快，我被这本书吸引。我不仅陶醉于书中所言，而且还被书后隐藏的理念所征服：所有作者挖掘自己的内心，发现真正的信念，并且鼓足勇气讲出来与世人分享。当时我就想千方百计了解这个项目，看看它是如何诞生的。

经过数月查访，《我相信》背后的故事逐渐清晰。它始于一九四九年的复活节。当时，费城一位成功广告业人士的妻子玛戈特·特雷弗·韦洛克从一份宗教活动宣传材料上剪下一页纸，上面写着神学家约瑟夫·福特·牛顿的观点：为了生活，人们需要一种内心的平衡。一周后，久病不愈的韦洛克太太去世。对于丈夫沃德·韦洛克而言，这张剪报变得无比珍贵，并且让他感到有必要思考一下自己的信念，并督促他人也开始同样的思考。

不久，《我相信》的想法在一个生意午餐会的餐桌上诞生。当时有四大重要人物出席：沃德·韦洛克、哥伦比亚广播公司的创始人兼首席执行官威廉·S·佩里、哥伦比亚广播公司费城分公司的总经理唐纳德·索恩伯格以及爱德华·R·默罗这位可能是当时世界上最著名、最德高望重的广播人。

根据韦洛克的回忆，在这次午餐会上，四个人都在抱怨国家的精神状态——越来越追求物质价值，精神价值日渐衰落。他们总结出许多原因，其中包括“对未来经济不确定、战争的邪恶阴影、原子弹、自己或爱人服兵役、年轻人对未来感到沮丧”等。[①]为了应对这种状态，他们决定制作一个每天五分钟的广播节目，播放一位著名的成功男士或女士的个人哲学和指导他们生活的信仰。他们希望这些节目能够振奋听众的心，并且提供一定的帮助。

他们的计划是这样的：默罗介绍每期节目，韦洛克出资赞助，并担任执行制作人。索恩伯格在他的费城广播台每个工作日播两次。佩里在哥伦比亚广播公司纽约总部提供办公场所和广播时间。如果《我相信》像他们预期的那样成功，他就会把节目投播到公司的所有广播站。

该系列的编委会由默罗、韦洛克以及资深制作人爱德华·P·摩根组成，他们决定邀请哪些人来参与节目。在第一批节目中，他们决定以各个领域公认的知名人士来打头阵，于是邀请了各自的熟人和专业人士。头二十期节目的撰稿人包括一位参议员、几位商业精英、一位劳工领袖、两位大学校长、一位电影制片人、一位哲学教授、一位棒球裁判以及海伦·凯勒和埃莉诺·罗斯福这两位家喻户晓的女士。

《我相信》系列推出后不久，工作人员收到一位家庭主妇的来信，她抱怨该系列只局限于功成名就、德高望重之人，她更希望能听到普通人的声音，例如她自己的信念。编委会采纳了她的批评意见。自那之后，《我相信》系列将各种各样的人纳入自己的视

① 引自《我相信》的一份宣传单，1951 年，Help inc。——原注

野，包括出租车司机、教师、码头搬运工人、护士、火车卧铺车厢里的服务员、囚犯，当然也的确包括家庭主妇。听众从电波中听到这些普通人的声音，也听到一些大名鼎鼎的人的信念——这些名字足以让人惊叹，例如胡佛总统、杜鲁门总统、最高法院法官威廉·O·道格拉斯、狄克·鲍威尔和芭芭拉·史坦维克、知名演员、棒球名人堂的博比·多尔和杰基·罗宾逊等著名运动员和托马斯·曼和卡尔·桑德堡等文学巨匠以及包括爱因斯坦在内的多位诺贝尔奖得主。

我采访前助理制作人唐·默温时，问及他在《我相信》系列中的工作，他给我讲了许多有趣的故事。他有一项任务是到全国出差，监督各种文稿的录制工作，有时候，他必须与地方广播台合作，在当地的录音棚进行文稿的录制工作；有时候，他还要拖着笨重的录音机到某位名人的家中或办公室去。默温回忆起他带着录音设备去爱因斯坦位于新泽西州普林斯顿的家中的故事："我开始布置设备，爱因斯坦博士非常和蔼地跟我聊天，他对那台录音机非常好奇，毕竟在当时那还算得上一个新事物。他问：'它是怎么工作的？'我开始解释其电子原理，讲录音头如何将信号录到一个转动的磁带中。突然，我呆住了，我说：'我在跟阿尔伯特·爱因斯坦讲物理！'"

默温跟同事格拉迪斯·张·哈代常常与撰稿人一起编辑稿件。大多数人交上来的就是一篇成稿，只需稍作修改就能进行录制。但是，一些名人要么没有时间，要么没有能力亲自撰稿。通常，

《我相信》的工作人员会跑到图书馆，搜集可能成为撰稿人的名人发表的作品，进行仔细研读，然后从中节选一些内容，巧妙地将它们拼成一篇通顺的文章，那位名人只要对着麦克风念就行。有时候，默温和哈代还采用了一些更为英雄主义的手段来把握撰稿人的真正信念。

哈代回忆说："我跟玛莎·格雷厄姆谈了四个小时。她想录节目，但是她的确没有时间来写文章。所以，我面临一个巨大的挑战：将四个小时的谈话内容变成一篇六百字的文章，当然，她也进行了编辑和修改。不管怎样，播出来的确实是玛莎·格雷厄姆本人的信念。"

一九五一年三月，《我相信》系列首次在费城地方电台 WCAU 播出，几乎从播出当天起就引起公众的热烈反响，并且几乎全是积极的回应。没过多久，韦洛克就得在公司里安排两位秘书回复每天的信件。随着节目迅速蹿红，威廉·佩里将它投放到哥伦比亚广播公司的整个电台网络，全国大约有一百九十六家电台每天至少播放一次，有时候在周末播两次或三次。随着全国九十多家报纸每周刊登《我相信》的文章，该系列走进了美国的千家万户。

一九五二年，两卷本的《我相信》的第一卷出版后立刻获得成功，第一版在几天时间内脱销。接着，精装本卖出三十万册，连续三年位居畅销书前十名。此外，哥伦比亚唱片公司发行了一套两碟装有声版《我相信》，也非常畅销。

很快，该系列跨越了美国国界，在全球引起热烈反响。美国之音将《我相信》翻译成六种语言，每天向全球广播。并且，英国广播公司签署协议成为合作伙伴，协助挑选和录制了一百多位英国撰稿人的稿件，并且在美国和英联邦同时播出。由于在英国的尝试获得成功，一本包含英美两国各五十位撰稿人的作品结集出版。甚至还诞生了一本阿拉伯语的书，里面收录了美国和中东作家的作品，三天时间内仅在开罗就售出三万册。

尽管《我相信》越来越受欢迎，但是由于韦洛克家族遭到了接二连三的打击，《我相信》不得不突然告停。一九五四年初，金宝汤公司撤出了在沃德·韦洛克的广告公司的业务，当时韦洛克公司百分之九十的收入来自该公司。没有了这笔收入，韦洛克再也无力为该广播系列提供资金支持。

最后一个打击发生在一九五五年一月，当时韦洛克与新婚妻子和一个儿子乘坐游艇去加勒比海旅游。一九五五年一月十八日，游艇消失在百慕大三角。韦洛克的另一个儿子凯斯幸免于难，他说："自那以后，没有发现他们的任何踪迹。因此，那不仅意味着他（韦洛克）的生命已经结束，而且表明《我相信》再也没有复活的可能。"

接二连三的事情发生之后，默罗同意自掏腰包，用以制作剩下来的一些作品。一九五五年四月，《我相信》将最后一批节目送给广播台，之后就逐渐淡出了人们的视线。

今天，在二十一世纪刚刚到来之际，当我和同事沿着爱德华·R·默罗及其《我相信》团队的巨人足迹前行时，我们常常想起他们留给我们的宝贵遗产。我们把自己当作这一伟大理念的服务员，不仅要展示新一代人的理念，而且还要让人们重温父辈和祖父辈留下来的令人振奋并且依然鲜活的文字。在读完这本书中的作品之后，我希望你能访问我们的网站（www. thisibelieve.org)，从我们珍藏的宝藏中挖掘二十世纪五十年代的其他文章。我希望你会和我一样惊喜，惊于跨越了半个世纪的文字依然那么铿锵有力，喜于它们依然能够帮助我们思考自己的信念。

附录1：五十年代《我相信》广播系列序言

爱德华·R·默罗

我相信。这一标题带给您的是一个全新系列的广播节目，向您呈现生活中各行各业的富有才思之士的个人哲学。每天晚上，在短短几分钟的时间里，各种各样的人将诚实地——一种真正的诚实——大声讲述他们的生活原则和基本价值观。您听到的声音可能来自一位银行家、一位屠夫、一位画家或者一位社会工作者，他们拥有一个共同特点：诚实。

几乎用不着我提醒，我们都知道当今世界处于一个混乱的时代，我们许多人的信仰换来的是无可奈何、愤世嫉俗、沮丧绝望，甚至是可怕的歇斯底里。各种观点在市场上贱卖，但是勇气、坚毅、信仰等却极度稀缺，这不能不引起我们的警觉。

我们被恐惧的乌云笼罩，就像雷雨前的乌云带着伦敦雾霭的令人窒息的湿气从远处慢慢逼近。的确存在一种实实在在的恐惧，它使一些人逃离家园，就像努力逃生的土拨鼠钻进蒙大拿某个峡谷的地底下一样，即使只能躲上一小会儿，也要躲开即将爆炸的原子弹或者地狱炸弹或者任何危险物品带来的喧哗与骚动。还有一种心理恐惧，它唆使我们看到邻居后院里巫婆的魅影并吓得我们去烧毁他家的房子。还有一种令人毛骨悚然的多疑与恐惧——怀疑我们所接受的教育，怀疑我们一直认为可以恒久远的东西是否依然亘古不变。

现在，要区分黑白、善恶与对错变得前所未有的艰难。当一个人确实不知道未来有多远时，他能用什么样的真理来装点紧张、零乱的心房呢？我们准备这些广播稿就是为了努力应对这些问题带来的挑战。这个任务非常艰难，也很敏感。有些人说出的是满嘴虔诚的陈词滥调或教条，充满狭隘的偏见，提出的思想也无法吸引我们的兴趣，大多数人并不轻易公开表达自己的信仰。

在一定程度上，我们的工作是对隐私的侵犯，这就像要求一个人允许陌生人读他的邮件一样。克莱将军曾经说过："揭示自己的私人哲学带来的尴尬不亚于当众脱掉衣服。"罗斯福夫人曾经长时间犹豫不决。她问我们："我说什么才能够对别人有一点价值呢？"开始时，还有来自费城的一位铁路部门主管说与其要在五分钟内讨论思想，还不如直接把上帝的祷词刻到大头针上。

我们不会装腔作势，让这一时刻变成专治精神或心理疾病的专利药品箱，让你从中拿出一片智慧的药丸，把它当作阿司匹林一样吞下去，希望它能根除我们时代的头痛。这里包含的信念各不相同，让我挑出那些我不相信的东西可能更容易。但是，在与人们谈话和倾听的过程中，我逐渐意识到对于这个世界的问题我没有垄断权，别人比我的贡献常常多出无数倍。这帮助我更真切地看到自己的问题，通过学习别人如何面对问题让我对于如何处理自己的问题有了新主意。

附录 2：如何写你自己的《我相信》文章

来吧，写下你自己的个人信念，交给我们，为我们这个栏目投稿吧。我们明白这是个巨大的挑战——它要求挖掘内心，自省其身，因此许多人可能觉得无法动笔。为了帮助你写好文章，我们提出以下建议：

讲故事：具体为上。从你日常生活的事件中提炼出你的信念，让它具体化。你的故事不一定要感人肺腑或痛彻心扉，它甚至可以是好笑的故事，但是无论如何，它一定要真实。想一想你的信念形成的时刻、遭到考验或者你改变信仰的时刻。要确保你的故事与你日常生活哲学的精髓息息相关，对形成你的信念有重要意义。

简明扼要：你的讲述必须限制在三百五十到五百字之间，这一字数限制要求你必须集中讲述你生活中最为核心的信念。

核心明确：如果你无法用一两句话说明你的信念，你的文章主题可能就不是信念。与其列出数个，不如集中讲一个核心信念。

正面讲述：不要说你不相信什么，而是说你相信什么。请避免罗列宗教教条、布道词或者社论式文字。

个人化：用第一人称讲你自己的故事。试着大声朗读几遍你的文章，每次读完都进行修改，使之更简洁，让你的用词、语气和故事都真实表达你的信念并且符合你说话的方式。

请登录我们的网站 www. thisibelieve. org，投稿到《我相信》栏目。

附录 3：如何在社区使用《我相信》

《我相信》的目标之一是带来高水准、积极的公共对话。我们希望能激励你思考、鼓励你分享，让你也开始讨论有关能够塑造你的生活、社区和社会的个人价值和信念。

写一篇《我相信》的文章只是第一步。

我们鼓励你与朋友、邻居和熟人一起，在教室、公共场所以及宗教场所相互尊重地讨论你读过或者写过的文章。为了让你在社区操作起来更容易，我们提供以下方法，你也可以在我们的网站 www. thisibelieve. org 找到这些内容。

教育指南

该手册用于帮助教师和学生写《我相信》文章。它设计了一些课程，帮助学生理解信念的概念，并且帮助他们通过试写优秀作文来思考自己的价值观。该指南还包括学生写的一些样板文章和相关练习。

讨论指南

我们制作了一本讨论指南，帮助你开展有关信仰和价值观的讨论。你可以在教室、俱乐部、图书馆、老年人活动中心、咖啡吧等各种公共场所使用该指南。我们还为宗教场所特别定制了一份指南。两份指南都涉及了讨论的基本规则，以保证讨论能够发人深省，同时指南还提供了撰写和分享文章的小窍门。

海报和宣传册

我们设计了一些印刷材料，你可以用它来宣传你所在社区开展的《我相信》活动。你可以下载免费的海报或宣传册，还可以制定具体细节。

致谢

让一个如此庞大的项目圆满落幕需要很多援手。我们的团队成员远远多于扉页上列出的人名，但是我们首先将最诚挚的谢意献给约翰·格雷戈里和维基·梅瑞克，他们从一开始就全身心投入到《我相信》之中，现在依然如此。我们的编辑团队，布鲁斯·奥斯特、埃米莉·博泰恩、苏珊·菲尼、艾伦·希尔瓦以及摄影师努巴尔·亚历桑尼安作出了卓越的贡献。我们所有人都是在爱德华·R·默罗及其团队的引导下前行，他们在二十世纪五十年代的先驱性工作让我们受益无穷，其中包括格拉迪斯·张·哈代、瑞尼·希尔、唐·默温、爱德华·P·摩根、雷蒙德·斯温以及沃德·韦洛克。

我们还要特别感谢《我相信》的创始人爱德华·R·默罗和沃德·韦洛克的子女：凯西·默罗、凯斯·韦洛克和玛戈特·韦洛克·施莱格尔，谢谢他们的信任和支持。

谢谢斯塔兹·特克尔，作为广播界的执牛耳者，他为我们撰写了文采斐然的前言。

“我相信”股份有限公司位于肯塔基州的路易斯维尔，多年来，我们的团队为了让这一系列重返广播界付出了艰辛的努力。谢谢艾米·费希尔、杰夫·吉仑瓦特、凯思琳·霍耶、布里吉德·凯林、MJ·金曼和乔安娜·理查兹。此外，我们还要特别感谢玛丽·乔·盖德曼，她从该书诞生之日起就开始鼎力相助。

位于麻省伍兹霍尔的大西洋公共传媒是我们的制作伙伴，在那儿，一支专注的读者队伍阅读了所有稿件，其中包括萨曼莎·布朗、西德尼·刘易斯、切尔西·默茨、梅丽莎·罗宾斯、海伦·伍德沃德和莎拉·亚姆。我们要谢谢 WCAI、WNAN、WZAI 和 WGBH 这几家海角海岛地区的公共广播台以及为那个团队提供办公地点的总站 WGBH 广播台。

我们要感谢美国国家公共广播电台的杰·克尼斯（Jay Kernis）支持恢复该系列节目，他也认为美国国家公共广播电台是能将爱德华·R·默罗的事业继承下去的最合适的现代广播电台。

我们完全信任美国国家公共广播电台新闻部，它诚实守信，在公共服务方面享有美誉。许多新闻部的工作人员一直指导着这一系列节目，其中包括达瓦尔·阿达兰、克里斯汀·阿拉史密斯、鲍勃·博伊伦、梅莉莎·布洛克、玛德雷恩·布朗德、亚力克斯·查德维克、尼尔·柯南、布鲁斯·德雷克、弗拉基米尔·杜宾斯基、佩吉·吉尔什曼、苏·古德温、罗宾·格拉迪森、莲妮·汉森、杰里米·霍布森、史蒂夫·因斯吉普、鲍勃·梅尔斯基、比尔·马利摩、艾伦·麦克唐奈尔、梅夫·迈克哥伦、萨拉·莫布雷、雷内·蒙塔内、米奇勒·诺里斯、奎恩·奥图尔、杰夫·罗杰斯、内桑·桑塔玛丽亚、佐藤节子、罗伯特·塞格尔、格雷厄姆·史密斯、克里斯托弗·特平和凡·威廉森等。

美国国家公共广播电台数字媒体部的工作人员为《我相信》建立了综合网站，我们感谢所有参与人员，其中包括迈克尔·霍恩、梅洛迪·科科斯兹卡、乔·马他佐尼、布莱恩·莫菲特、克里斯蒂娜·努涅斯、罗伯特·斯派尔、玛丽亚·托马斯和迈克尔·约契等。

美国国家公共广播电台还为我们的一系列活动提供支持，例如技术生产、担保与推广、站点服务、业务拓展等。我们得到了斯塔希·福克斯威尔和肯·斯特恩的大力指导。我们感谢朱莉亚·巴莱、卡洛斯·巴里奥纽沃、查德·坎普贝尔、弗兰克·卡萨门托、雅克·考夫林、比尔·克拉文、迈克尔·库伦、斯科特·戴维斯、基蒂·埃伊塞勒、艾琳娜·埃丽斯、梅格翰·加勒瑞、米加·格林伯格、彭尼·海恩、芭芭拉·霍尔、尼尔·杰克森、简·凯丽、凯文·克洛斯、温妮莎·克拉巴契尔、杰尼·劳霍恩、登尼斯·里尔利、吉恩·李、乔伊斯·迈克唐纳、卡茜·米勒、杰夫·纳米克、埃里克·努扎姆、梅乐迪斯·奥尔森、本·罗格特、马蒂·罗尼什、埃米·鲁宾、芭芭拉·索帕托、安迪·斯珀金、布莱克·杜伊特、德勒克·塔纳、大卫·乌曼斯基、约翰·韦迪、芭芭拉·韦尔罗和罗杰·怀特。

没有投资人，公共电台什么也播放不了，我们衷心感谢我们的赞助人。《我相信》收到的第一笔大额资金来自美国公共广播公司。我们感谢美国公共广播公司广播与基金部的得力干将们，其中包括杰夫·布勒斯洛、德伯拉·卡尔、卡茜·梅丽特和西恩·辛普丽基欧。法姆斯保险集团为我们第一年的广播节目承担了保险，第二年的广播节目则要感谢凯佩拉大学、正义基金会、厄迪斯与赫伯特·勒曼基金会以及许多持有同样信仰的人们，包括诺伦·艾伦、巴瑞·宾翰夫妇、科尼利亚和爱德华·博尼夫妇、克里斯蒂和奥斯莱·布朗夫妇、乔治·巴克沃尔特神父、吉尔和比尔·库珀夫妇、洛伊斯·康迪夫、贝夫利·吉亚姆马拉、毛里斯·哈特菲尔德、罗兰和伊勒诺·宾翰·米勒、大卫和奥纳·欧文、玛丽莲·奎恩、乔恩·瑞厄姆神父、阿尔弗雷德·尚兹夫人、亨利·华莱士、詹姆斯和简·韦尔奇、乔治·韦勒夫妇以及理查德·伍尔夫夫妇等。

美国公共电台（prx.org）帮助我们创建了自己的档案馆，并使全国都能通过公共广播电台收听我们的故事。我们感谢约舒亚·巴洛、约翰·巴斯、加里德·本尼迪克特、杰克·萨皮罗和史蒂夫·斯恰尔兹。

公共广播系统因其分散性和本地化经营而强大无比，我们要向这一系统中为各自社区提供服务的所有电台致敬。我们特别感谢那些在全国首播《我相信》之前帮助试播并仍在广大民众中征集该系列节目的各家电台，包括萨克拉门托的首府公共广播电台，朱诺的KTOO公共广播电台，西雅图的KUOW公共广播电台，奥斯丁的KUT公共广播电台，佛蒙特公共广播电台，芝加哥的WBEZ公共广播电台，科德角的WCAI、WNAN、WZAI公共广播电台，路易斯维尔的WFPL公共广播电台，波士顿的WGBH公共广播电台，坦帕的WUSF公共广播电台和彭沙科拉的WUWF公共广播电台。

詹克洛·内斯比特公司的林恩·内斯比特（Lynn Nesbit）及其同事对本书倾力相助，其中包括莫特·詹克洛和库伦·斯坦利，我们尤其要感谢本内特·阿什利，能够得到他们的精湛服务是我们的荣幸。

我们的出版商亨利·霍尔特始终如一地支持我们的工作，一直对本项目的核心充满信念。我们感谢约翰·斯特林的悉心指导与非凡品位，还有我们细心专注的编辑温妮莎·莫布莱。我们还要感谢霍尔特及其姐妹公司音频复兴公司的帕特里克·克拉克、芭芭拉·科恩、丹尼斯·克罗宁、弗罗拉·厄斯特莉、丽萨·费夫、玛戈·顾迪、让娜-玛丽·哈德森、梅瑞尔·利瓦维、克莱尔·迈克金尼、艾米丽·蒙特乔伊、大卫·帕特森、丽塔·昆塔斯、马基·理查德斯、玛丽·贝斯·洛奇和劳拉·威尔逊。

我们感谢“我相信”公司的建议和协助，感谢董事会的查尔斯·巴克斯特、大卫·翰德梅克、托德·洛、格勒格·迈克科伊和莱斯利·斯特瓦特；感谢顾问委员会的马克·塞布斯基、格拉迪斯·张·哈代、恰西·海森博士、罗恩·琼斯、大卫·兰格斯塔夫、约瑟夫·迈克科米克、道恩·梅文、凯西·默罗、卡罗琳·耐费、理查德·保罗、霍华德·莱恩戈尔德、马丽塔·瑞维罗、比尔·希尔梅林、凯斯·韦洛克、多蒂·魏丽斯和詹姆斯·文德。

我们感谢"美国之音"的罗伯特·德普·布朗、阿特·恰姆斯和迈克·格雷；西部集团的约翰·库克，南加州安娜伯格传播学院的诺曼·科文、乔夫·科文，堪萨斯的密苏里大学马尔·桑德档案馆的伊丽莎白·德·厄勒、克里斯·恩安德、亚当·费奥尔、戴夫·戈尔丁、查克·哈迪克斯和温迪·希斯恰克，诺科唱片公司的马蒂·哈佩林、帕姆伯顿·哈钦森、伊丽莎白·克拉梅、卡梅隆·劳伦斯、吉姆·林契曼、约翰·迈克多纳、迈克尔·梅尔福特和昆特·诺克。谢谢托尼·斯特恩豪尔、斯蒂特斯·哈宾森律师事务所及其律师杰勒米·巴拉德、杰尼夫·科瓦尔希克和美国国家档案馆的詹姆斯·塞菲特、莱斯·沃芬和芭芭拉·韦斯特。十分感谢乔治·布兰德尔·厄格洛夫为我们创作的优雅的主题音乐。此外，非常感谢塔夫茨大学数字收藏与档案馆的金娜·翰米尔和安妮·苏尔，还有以色列国家图书馆的阿尔伯特·爱因斯坦档案馆。

最后，我们要由衷地感谢成千上万敢于接受书写信仰这一挑战，并乐于分享的人们，他们的作为令人钦佩。

编者的话

该项目的一个目标是制作一个完整的档案库，我们希望它尽可能像爱德华·R·默罗的五十年代系列一样应有尽有。您可以贡献自己的力量，帮助我们完成这一任务。如果您手中有任何与《我相信》相关的材料，比如录音材料、报纸或杂志剪报、你自己或家人写的文章（有可能是一份保存多年的家庭作业）或者与《我相信》团队的通信，我们希望您能提供一份复印件。谢谢您的帮助!

"我相信"股份有限公司

5031 信箱

肯塔基州路易斯维尔 40255 - 0031

admin@thisibelieve. org

读者指南

编者：杰伊·阿利森、丹·格迪曼

讨论问题

1. 斯塔兹·特克尔在前言中提出了一个问题：什么是真理，我们该如何理解真理？《我相信》中的文章如何论述什么是真理、我们不该相信什么？你认为放之四海而皆准的真理存在吗？

2. 在对战争的思考方面，纽特·金里奇强调我们要提高警惕（“我认为从本质上说我们生活在一个非常危险的世界”），约翰·麦凯恩则赞颂无名英雄的力量（“对比自身利益更崇高的事业的忠诚服务决定了一个人的真正价值”）。有史以来，世界就充满危险和胜利、毁灭和重建，对此你有何看法？你认为未来会比过去更和平吗？

3. 该专辑中有几篇文章都谈到了歧视问题，例如菲莉斯·艾伦回忆了她在一个种族隔离的小镇上的成长经历，伊芙·恩斯勒谈到了针对女性的暴行。你认为歧视行为的根源是什么？是什么促使社会上一些人觉得使某个族群的人遭受痛苦是一件正常的事情？面对歧视背后的力量，我们如何保证平等？

4. 比较半个世纪前和当下的文章后，你有什么发现？哪些话题保持不变？哪些新话题是爱德华·R·默罗那一代无法想象的？

5. 死亡与不朽的问题贯穿全书始终，例如伊莎贝尔·阿连德对女儿去世的反应和埃尔维亚·鲍蒂斯塔为弟弟扫墓的故事。许多这样的文章都有一个核心，即：爱可以跨越今生今世。这本书如何描绘有意义的生命和痛苦？

6. 玛莎·格雷厄姆在《上帝的舞者》的结尾处写道：“在那个危险时刻，他正在练习生活。他不会选择跌落。”在我们的日常生活中，恐惧与信仰如影随形，格雷厄姆的这句话对此进行了什么样的描述？怎样才能做到“选择”不跌落？

7. 艺术和奇思妙想对于我们形成信仰有何作用？作者们有关时尚、阅读、爵士以及其他创造性活动的文章是如何阐释想象的重要性或者价值的？

8. 在《形象思维》中，坦普尔·格兰丁描绘了她的形象思维能力如何为许多畜牧业设施带来人性化的设计。是什么样的道德观造就了她的成就？在你周围，你能将什么样的小希望转化成大行动呢？

9. 本书中许多作者阐发了对宗教信仰的不同观点，例如上帝不存在（佩恩·吉利特），还有人认为即使我们持有完全不同的宗教信仰，我们也应该保护我们的同胞免受伤害（埃布·帕特勒）。有关宗教的文章采用了什么样的文化视角？宗教对于形成身份认同和世界观有何作用？

10. 本杰明·卡森在《母亲最亲》中深情赞颂了自己的母亲。这位好母亲有些什么样的品质？什么样的信念促使她激励儿子、助他成长？你的生活中有扮演这种拯救者角色的人吗？

11. 在新千年到来之际，从某种意义上说，《我相信》就像一颗时光胶囊，为什么？半个世纪后的读者重读这些文章时，对我们现在这个时代他们会得出什么样的结论？

12. 哪些文章最能引起你的共鸣？有没有一篇文章激励你成为一个改变者——不管这种改变是世界性的，还是仅仅影响另一个人的生活？

13. 你相信什么？形成你信念的最大影响因素是什么？在你的人生旅途中，你的信念发生了怎样的变化？

图书在版编目(CIP)数据

我相信：关于人生的哲学/(美)阿利森(Allison，J.)，(美)格迪曼(Gediman，D.)编;曾桂娥译.
—上海:上海译文出版社,2012.8
ISBN 978-7-5327-5821-0

Ⅰ.①我... Ⅱ.①阿... ②格... ③曾... Ⅲ.散文集-美国-现代 Ⅳ.I712.65

中国版本图书馆CIP数据核字(2012)第075216号

Jay Allison and Dan Gediman
THIS I BELIEVE：THE PERSONAL PHILOSOPHIES OF REMARKABLE MEN AND WOMEN

我相信：关于人生的哲学
This I Believe：the Personal Philosophies of Remarkable Men and Women
Jay Allison Dan Gediman
杰伊·阿利森、丹·格迪曼 编
曾桂娥 译
出版统筹 赵武平
责任编辑 陈炯光
装帧设计 陈楠 季燕

图字：09-2008-721号

上海世纪出版股份有限公司
译文出版社出版 网址：www.yiwen.com.cn
上海世纪出版股份有限公司发行中心发行
200001 上海市福建中路193号 www.ewen.cc
上海颛辉印刷厂印刷

开本 890×1240 1/32 印张 8.5 插页 2 字数 96,000
2012年8月第1版 2012年8月第1次印刷

ISBN 978-7-5327-5821-0/I·3443
定价：28.00元